Fritz-Stefan Valtner

Verlorene Jahre

Bibliografische Information der dt. Nationalbibliothek

Die deutsche Nationalbibliothek verzeichnet diese Publikation in der deutschen Nationalbibliothek. Detaillierte bibliografische Daten sind im Internet über http://dnb.dnb.de abrufbar.

Bilder und Illustrationen: Manuela und Fritz-Stefan Valtner
Autorenfoto: Manuela Valtner
Umschlags - grafik: Manuela und Fritz-Stefan Valtner

Herstellung und Verlag: BoD
Books on Demand
Norderstedt

ISBN: 978 3751 989596

Printed in Germany

MIX
Papier aus verantwortungsvollen Quellen
Paper from responsible sources
FSC® C105338

Literarische Quellen:

Volkslexikon Bertelsmann

Lernplattform Zeit-Online

Lemo Lebendiges Museum Online

Deutsche Wehrmacht Internet-Portal

Standesamt Düsseldorf

Stadtgeschichte Düsseldorf Online

Organisierter Anarchismus in Deutschland 1919 - 1933 von Helge Döhring

Chronik des Sturmbataillon Nr. 7 Sturm Grenadiere 1914 - 1918 von Fritz Ristow

Inhaltsverzeichnis:

In der Zeit zwischen 1920 – 1924

Ein Arbeitstag

Was kostete das Leben in Jahre 1924

Wochenende

Was sind verlorene Jahre?

Heiraten in den 30ziger Jahren

Dezember 1944

Januar 1945

Der 19.2.1945

Erinnerungen meiner Mutter

Der 19.2.1049

Ein Vergleich zwischen 1920 und 2020

Rückblick

Schlusswort

Im Gedenken an Friedrich Trobitz
zu seinem 125. Geburtstag und
seinem 75. Todestag
im Februar 2020

Geboren am 24.2.1895
Gefallen am 19.2.1945

Vorwort

Im Nachlass meiner 1992 verstorbenen Mutter Johanna Valtner, eine geborene Trobitz fand ich alte Unterlagen, unter anderem auch die von meinem Opa.
Vor Jahren, nach unserem Umzug, hier nach Friesland, fielen mir diese alten Unterlagen wieder in meine Hände und mit der Zeit begann ich mich näher mit den Umständen der damaligen Zeit zu beschäftigen. Die ältesten Unterlagen sind nun über hundert Jahre alt und im Jahre 2020 jährt sich der 75. Todestag und der 125. Geburtstag von meinem Opa.
Dies gab den Ausschlag zu diesem Buch, indem ich die Zeit, in der mein Opa lebte, mir einmal näher ansah. Denn nach der ersten Übersicht lebte er in drei verschiedenen Zeiten. Geboren wurde er in der Kaiserzeit, nach dem ersten Weltkrieg erlebte er die Weimarer Republik und dann lernte er auch noch die Diktatur kennen. Damit lebte er in einer sehr facettenreichen Zeit, aus der ich noch einige alte Papiere und Unterlagen fand.

Diese regten mein Interesse an und ich begann mich näher mit dem Leben meines Opa`s zu befassen.

Einiges fiel mir wieder ein, was mir meine Mutter in ruhigen Stunden über und aus dieser Zeit erzählte.
Je stärker ich mich mit dieser Zeit beschäftigte, umso mehr fand ich weitere Fragmente und Spuren, die mein Opa hinterließ.

Oft hätte ich mir gewünscht, dass es noch ein paar Zeitzeugen gibt, die mir mehr aus dieser Zeit erzählen konnten, aber dafür war es leider schon zu spät. Sicherlich gibt es noch manche Spuren, die ich noch nicht auffinden konnte. Spuren, von denen ich Fragmente besitze, aber sie noch nicht in den Familienverband einordnen kann.

Aber auch so konnte ich mir schon ein genaues Bild über diese Zeit, über das Leben meines Opa`s zeichnen und bei aller Betrachtung über sein Leben auch den Titel für dieses Buch geben:

„Verlorene Jahre"

Die Ahnen von meinem Opa

Sein Großvater Friedrich Trobitz wurde 1820 in Pisteritz (Sachsen-Anhalt) geboren und war von Beruf Wildhändler. Seit 1842 war er in Düsseldorf gemeldet und wohnte auf der Neustr. 17. Hier ging er seinem Beruf als Wildhändler nach. In Düsseldorf gab es neben Friedrich Trobitz einen weiteren Wildhändler mit dem Namen August Trobitz. Er wohnte auf der Marienstr. 1. Ein Bruder von Friedrich?

Im Jahre 1844 heiratete er in Düsseldorf die Johanna, geb. Haase (1826 - 1897) und bekam mit ihr 10 Kinder.
Das neunte Kind, Ludwig Trobitz, geboren 1864, gest. 1946 war der Vater von meinem Opa. Er war zweimal verheiratet. Zunächst mit Elise, geb. Mock, geboren 1864 in Glesch bei Bergheim, gestorben 1900 in Düsseldorf. Mit ihr bekam er insgesamt neun Kinder. Sie starb im Alter von nur 36 Jahren.
Bereits 1901 heiratete er erneut. Seine zweite Frau hieß Anna, eine geborene Ricken, geboren 1883 und kam aus Rheydt, heute ein Ortsteil von Mönchengladbach. Mit ihr bekam er weitere vier Kinder.

Seine zweite Frau starb im Jahre 1921 im jungen Alter von nur 38 Jahren.

Mein Opa wurde als viertes Kind 1895 geboren und verlor seine leibliche Mutter Elise bereits im zarten Alter von fünf Jahren.

Sein Großvater starb 1900 im Alter von 80 Jahren. Seine Großmutter 1897 im Alter von 71 Jahren. Sein Vater starb, ein Jahr nach seinem Tod, 1946, im Alter von 82 Jahren.

In welcher Zeit wurde mein Opa geboren?

Bevor ich etwas über meinen Opa erzähle, möchte ich die Zeit in der mein Opa hineingeboren wurde, etwas beleuchten.

Bei der Geburt von meinem Opa im Februar 1895, regierte in Deutschland Kaiser Wilhelm II. Eine Zeit, die gerne viele wieder sehen würden.

Aber die Geschichte wollte es anders.

Werfen wir doch mal einen Blick auf das Jahr 1895 in dem mein Opa geboren wurde, was in diesem Jahr geschah:

Januar 1895:

Der erste Europäer, der Norweger C.E. Borchgerink betrat im Rahmen einer Vorbereitungsreise die Antarktis. Drei Jahre später, 1898 – 1900, leitete er eine britische Forschungsexpedition in die Antarktis.

Februar 1895:

Die Brüder Lumiere meldeten das erste Filmaufnahme- und Vorführgerät zum Patent an. Die erste Auf - bzw. Vorführung fand am 22.3. in Paris statt.

An 24.2. erblickte mein Opa das Licht der Welt.

Auf Kuba beginnt der Unabhängigkeitskampf gegen die Spanier.

März 1895:

Der erste mit Benzin betriebene Bus verkehrt auf der Strecke Siegen-Nepthen-Deuz

Der Reichstag lehnt Glückwünsche zu Bismark 80. Geburtstag ab.

April 1895:

Der neunmonatige Krieg zwischen China und Japan um die Vorherrschaft in Korea wird beendet.

Mai 1895

Der russische Physiker A. Popow erzielt bahnbrechende Erfolge in der Funktechnik.

1894 hatte der Kaiser Wilhelm II den Reichskanzler Leo v. Caprivi entlassen, welcher die Gesetzesvorlage, die sogenannte Umsturzvorlage, ein gegen die Sozialdemokratie gerichtetes Ausnahmegesetz, zurück gewiesen hatte und damit auch am 11.5. im Reichstag scheiterte.
In London wurde der irische Schriftsteller Oskar Wilde wegen homosexueller Neigungen zu zwei Jahren Zuchthaus verurteilt. Drei Jahre später schrieb er über diese Zeit die Ballade: Zuchthaus zu Reading.

Juni 1895:

Im gesamten deutschen Reich findet die zweite Berufs- und Gewerbezählung statt. Im Vergleich zu 1882, der ersten Zählung, ist die Zahl der Industriearbeiter um vier Millionen auf insgesamt zwanzig Millionen gestiegen.

Der Kaiser weihte den nach seinem Großvater benannten „Kaiser-Wilhelm-Kanal" ein. Heute bekannt unter dem Namen "Nord – Ostseekanal".

Juli 1895:

Die Eisenbahnlinie zu der portugiesischen Delagoabucht in Südafrika und der Burenrepublik Transvaal wurde eröffnet.

August 1895:

Friedrich Engels stirbt in London.

September 1895:

In Charlottenburg bei Berlin wurde die Kaiser-Wilhelm-Gedächtniskirche eingeweiht.

Gründung des französischen Gewerkschaftsbundes CGT in Limoges.

Louis Pasteur stirbt in Villeneuve-L-Etang bei Paris.

Madagaskar wird durch französische Truppen erobert und wird 1891 französische Kolonie.

Oktober 1895

England fordert die Ashanti in Ghana auf die britische Schutzhoheit anzuerkennen. Die Ashanti lehnen diese ab. 1896 wird das Ashanti-Reich zum britischen Protektorat.

November 1895

Die Brüder Max und Emil Skladanomsky führen im „Berliner Variti – Wintergarten" öffentlich einem zahlendem Publikum Kurzfilme vor.

W.C. Röntgen entdeckt, die nach ihm später benannten X-Strahlen.

A. Nobel gründet eine Stiftung, die ab 1901, die nach ihm benannten Nobel-Preise, verlieh.

Durch einen Verstoß gegen das preußische Vereinsgesetz wurden 11 sozialdemokratische Vereine aufgelöst, ebenso der Parteivorstand der SPD

Dezember 1895

Die Brüder Lumiere zeigen erstmalig in einem Pariser Cafè öffentlich mehrere Filme.

In dem sooft von vielen Leuten so hochgelobtem Kaiserreich gab es auch zahlreiche Bestrebungen, dass Kaiserreich abzuschaffen. Eine weitere, vielleicht auch größere Unruhe entstand in Übersee. Jedes Land, was etwas auf sich hielt, versuchte Kolonien zu erwerben, um den Reichtum des eigenen Landes zu vermehren. Was natürlich viel Unruhe in Afrika und Übersee brachte.

Aber es gab auch schon einige Dinge, die wir heute mit dem Begriff „Bildung" in Verbindung bringen. So gab es bereits eine Schulpflicht. Jedes Kind musste die Volksschule ab sechs Jahren besuchen und die Schulzeit dauerte 8 Jahre, also bis zum 14. Lebensjahr. In Bayern gingen die Kinder bis zum 13. Lebensjahr zur Schule. Doch es gab große Unterschiede zwischen den Schulen auf dem Land und in der Stadt.
So waren viele Dorfschullehrer ohne eine richtige Ausbildung und machten dies oft genug nebenberuflich.

Damals schaffte nur eins von 10 Schulkindern den Weg auf`s Gymnasium.
In der Regel mussten die Arbeiterkinder möglichst mitarbeiten, um schnell Geld zu verdienen, damit man den Lebensunterhalt der Familie bestreiten konnte.

Der Ton in der Schule glich dem eher auf einem Kasernenhof. Vieles wurde im harten Befehlston gesprochen, wie zum Beispiel:

„Setzen“, „Steh auf“, „Ruhe“, „die Hefte zeigt“ und so weiter!

Die Schule war ziemlich militärisch geprägt – preußisch streng!

Aber auch das Alltagsleben war zu jener Zeit nicht gerade einfach. Das Königreich war auf dem Weg zu einer Industrie-Nation. So gab es natürlich hier große Gegensätze.

Auf der einen Seite der einfache Landarbeiter, auf der anderen Seite der Industriearbeiter.

Oder, die Prachtbauten der erfolgreichen Unternehmer, die hier meist den Aufbau zur Industrienation vorantrieben, dem standen die trostlosen Mietskasernen gegenüber.

Vieles war im Umbruch begriffen.

Auf der einen Seite prägte den Staat und die Gesellschaft, die des Adels und das Großbürgertum, daneben her entstanden neue Eliten, wie die Unternehmer und auch der Bildungsbürger!

Die Arbeiterklasse hatte das Gefühl auf der Strecke zu bleiben und rief zum Kampf auf, um soziale und politische Gleichberechtigung.

Aber auch die vielen neuen technischen Errungenschaften veränderten die Gesellschaft zusehends, wie zum Beispiel die Elektrizität oder das Auto.
Das Leben in den Städten der industriellen Zentren war einem immer schnelleren, beschleunigendem Wandel unterworfen.
Neue Berufsfelder entstanden. Neben dem Arbeiter trat nun der Angestellte auf.
In den Jahren 1895 bis 1913 gab es eine andauernde Hochkonjunktur.

Dies war eine Zeit, wo alle Bevölkerungskreise mehr oder weniger profitierten.
Das Leben veränderte sich rasant, neue Entwicklungen kamen hinzu. Gas, Strom, Wasser, Telefon, Schreibmaschinen, elektrische Straßenbahn, Auto und neue, große Schiffe beeinflussten das Leben.

Aber all diese neuen Dinge führten zu einer Verbesserung der allgemeinen Lebenslage.
Der Militärdienst war für die berufliche Karriere unabdingbar notwendig. Das damalige Reserveoffizierspatent war der Nachweis der vaterländischen Gesinnung. Aber auch in sozialdemokratischen Haushalte der Arbeiter fand man das Bild des Kaisers vor, neben den Familienfotos und den Andenken an den Militärdienst. Eine Uniform flößte damals viel Respekt ein.

Auch sein Geburtsort „Düsseldorf" wuchs in dieser Zeit rasant. Zwischen 1880 und 1920 verdoppelten sich die Einwohnerzahlen von Düsseldorf. 1885 wurde der Hauptfriedhof am heutigen Standort erstellt und 1898 gab es die erste, feste Brückenverbindung nach Oberkassel, welches linksrheinisch liegt.

Große, produzierende Unternehmen aus dem Ruhrgebiet verlegten nach Düsseldorf ihre Konzernzentralen. Nicht umsonst bekam die Stadt auch den Beinamen „Schreibtisch des Ruhrgebiets".

1908/09 und 1929 wurden zahlreiche Vororte eingemeindet.

1929 zählte die Stadt rund 477.000 Einwohner. Vor dem ersten und nach dem ersten Weltkrieg war Düsseldorf eines der wichtigsten Messestädte im Westen des Landes.

Mein Opa

Mein Opa erblickte am 24.02.1805 als viertes Kind der Eheleute Ludwig und Elise Trobitz in Düsseldorf das Licht der Welt.
Seine Kindheit verbrachte er in Düsseldorf – Mörsenbroich. Nach seiner Schulzeit erlernte er den Beruf des Bohrers.

Mit 19 Jahren wurde er zu den Waffen gerufen und kämpfte an der Westfront gegen die Franzosen.
Hier wurde er in die Infanterie – Geschütz - Batterie 15 des Sturmbataillon 7 eingesetzt, wo er an zahlreichen Sondereinsätzen teilnahm. Seine Einheit lag in Bosmont. Weitere Einzelheiten folgen in einem späteren Kapitel.

Nachdem er den Krieg unbeschadet überstanden hatte, ging er nach Beendigung des Krieges zurück nach Düsseldorf. In seinem alten Beruf des Bohrers konnte er nicht mehr zurückkehren, da es die Firma nicht mehr gab und so lernte er noch einmal ein neues Handwerk. Diesmal den Beruf des Isolierers.

Im Jahre 1922, am vorletzten Tag des Jahres, heiratete er seine Frau Adele, 1903-1988.
Im November des darauffolgenden Jahres wurde seine erste Tochter Johanna geboren.
Neben seinem Beruf als Isolierer setzte er sich für die Belange der Arbeiterschaft und trat in die F.A.U.D ein und war für sie aktiv in Derendorf, einem Stadtteil von Düsseldorf.
Bis 1937 hielt er hier die Stellung, danach wurden die Nachstellungen durch die NDSAP so stark, dass man den gewerkschaftlichen Verpflichtungen nicht mehr nachkommen konnte.

Einige seiner Mitstreiter fanden in dieser Zeit den Tod!

Seine Tochter Johanna wuchs in dieser unsicheren Zeit heran und erlernte den Beruf der Krankenschwester beim Deutschen Roten Kreuz.
Er selbst wurde mehrfach zu Verhören abgeholt und oft aus seiner Arbeit herausgerissen.

Im Alter von 49 Jahren wurde er am 6.1.1945 noch einmal zum Wehrdienst eingezogen.

Nach den noch vorhandenen Feldpostkarten und den letzten Nachrichten von ihm an seine Tochter Johanna, führte sein Weg über Minden, Neuss und weiter in den Raum westlich von Köln, an die Westfront, wo die Amerikaner auf dem Weg zum Rhein waren.
Im Kreis Erftstadt fand er am 19.02.1945, vermutlich bei irgendwelchen Gefechtshandlungen den Tod und wurde am 20.02.1945 dort auch auf dem Friedhof beerdigt.

Vier Tage vor seinem 50. sten Geburtstag!

Seine Tochter Johanna war in dieser Zeit als OP-Schwester an der Westfront im Einsatz und kam nach einer Splitterverletzung, die sie an der Front erlitten hatte, wieder nach Düsseldorf zurück, wo sie in einem Lazarett für verwundete Soldaten arbeitete.

Seine Frau Adele war zu diesem Zeitpunkt gerade hochschwanger, als er eingezogen wurde.
Am 25.1.1945 gebar seine Frau in Thüringen seine zweite Tochter Ulrike.

Wie das Schicksal es wollte, sollte er beide nicht mehr wiedersehen.

Die Zeit vor 1914

Wenn wir uns noch einmal in die Zeit vor 1914 versetzen, ergab sich folgende Lage:

Das deutsche Kaiserreich steigerte seine Bestrebungen sich als Großmacht darzustellen, was natürlich befremdlich auf die anderen europäischen Länder wirkte. Die immer stärker werdende deutsche Flotte beunruhigte England, während Italien sich ebenfalls vergrößern wollte, hatte Frankreich Angst vor einer deutschen Vormachtstellung in Europa.

Diese vielfältigen Bestrebungen zwischen den einzelnen Ländern war der Wegbereiter für den 1. Weltkrieg. Dazu bedurfte es nur einen kleinen Anlass, um dieses Pulverfass zu entfachen.
Dieser Grund wurde gefunden mit dem Attentat in Sarajevo auf Franz-Ferdinand, Thronfolger der Monarchie Österreich-Ungarn, und seiner Frau Sophie, welche kurze Zeit später ihren Verwundungen erlagen.

Ein Monat später, am 28.7.1914 erklärt Österreich-Ungarn den Serben den Krieg.

Zwei Tage später machte Russland mobil und schickte seine Armee zur Unterstützung von Serbien in den Krieg.

Am 1. August erklärte das Deutsche Reich, als Bündnispartner der Donaumonarchie, Russland den Krieg. Noch am gleichen Tag marschierten die russischen Truppen über die ostpreußische Grenze.
Damit wurde eine Spirale in Gang gesetzt, die keiner mehr stoppen konnte oder wollte. Denn auf der anderen Seite formierten sich weitere Gegner wie Großbritannien, Frankreich und Russland, sowie später die USA.

Der Flächenbrand weitete sich auch auf die deutschen Kolonien aus.

Zu Beginn des Krieges herrschte noch die Auffassung vor, dass dieser Krieg der eigenen Verteidigung diene. Als jedoch die ersten schnellen und überraschenden Erfolge, vor allem im Westkrieg, gefeiert wurden, kamen zum Teil sehr bizarre Annexionsgedanken auf.
Die weitere Ausweitung der Kolonien trat mehr und mehr in den Hintergrund, denn jetzt suchte man nach der allgemeinen Ausweitung der Macht in Europa.

Diese Gedanken und Ziele der Erweiterung des eigenen Landes in Europa fanden bei den politischen Parteien und der deutschen Bevölkerung eine breite Unterstützung.

In diesem Krieg kamen neue Waffen zum Einsatz, wie Panzer, Flugzeuge, Luftschiffe, aber auch Massenvernichtungswaffen, wie zum Beispiel Giftgas, kamen zum ersten Mal zum Einsatz.
Jedoch kam es, da alle Kriegführenden Länder weder noch die taktischen und strategischen Voraussetzungen hatten, an fast allen Fronten zu einem zermürbenden Stellungskrieg. So kämpfen auf beiden Seiten zig Millionen Soldaten, ohne einen entscheidenden Vorteil zu einem Sieg zu erlangen.

Durch die Bindung der Truppen auf vielen Kriegsschauplätzen und dem Rohstoffmangel, ausgelöst durch die britische Blockade der deutschen Nordseehäfen, sank die Hoffnung der Deutschen auf einen Sieg.

1916 legte Paul von Hindenburg und Erich Ludendorff ein Programm vor, dass den Blick der gesamten Wirtschaft auf die Produktion von Kriegswaffen vorsieht, um den Krieg noch zu entscheiden.

Dieses Programm scheiterte jedoch daran, da es an Arbeitskräften und Transportmöglichkeiten mangelte.
Dabei hatte man zu Beginn des Krieges mit einem kurzen Intermezzo gerechnet, aber nicht mit einer mehrjährigen Materialschlacht, bei der mehr als 17 Millionen Menschen starben!

Dabei erinnerte sich manch einer an die Worte von Kaiser Wilhelm, die er den abziehenden Truppen im August 1914 zurief:

"Ehe noch die ersten Blätter fallen, seid ihr wieder zu Hause!"

Stattdessen folgte ein vierjähriger gewaltiger Krieg im Zentrum von Europa, voran das Deutsche Kaiserreich letztendlich zu Grunde ging.

Warum gibt es Krieg?

Eine Frage, die uns immer wieder gestellt wird:

„Ja, warum gehen wir in einen Krieg überhaupt hinein?"

Wenn wir uns die Geschichte der Welt anschauen, dann werden wir feststellen, dass es eigentlich gar nicht so viele Gründe für einen Krieg gibt.
Jedes Volk wird von einem Regenten geführt oder sollte man lieber sagen beherrscht? Oft wurde diese Stellung dazu missbraucht, um seinen eigenen Ruhm, sein Vermögen zu steigern, seine Geltungssucht zu steigern.
Dann wurde ein Grund gesucht, um seinen Nachbarn zu berauben und sich das zu holen, was der andere hat und das man nicht selbst besaß. Also zog man gegen den Nachbarn. Oft gab es eine Spirale der Gewalt, die sich als Folge entwickelte. Der Angegriffene wehrt sich und geht in den Gegenangriff über.

Und was ist das Ende vom Lied?

Auf beiden Seiten gibt es Trauer, Verzweiflung, Verluste und oft hörte der Nachbar auf zu leben.
Der Sieger wurde gefeiert und er bekam den Wunsch nach mehr. So ging man dann weiter und überfiel den nächsten Nachbarn.

Es entsteht eine Spirale der Gewalt!

Schaut man sich aber die Geschichte weiter an, dann wird man feststellen können, dass vieles nur von kurzfristigen Erfolgen begleitet war.

Wie viele so genannte große Nationen sind in der Zeit-Geschichte in die Bedeutungslosigkeit verschwunden. Viele dieser Völker, die mal groß und stark waren kennt man heute gar nicht mehr. Sie sind im Dunkeln der Geschichte verschwunden.

Wenn die führenden Regenten, gleich welcher Couleur, sich einmal mit der Geschichte beschäftigen würden, müsste ihnen Angst und Bange werden.

Da wird in der heutigen Zeit wieder von der totalen Vernichtung gesprochen, ohne zu wissen, oder blendet man den Gedanken einfach aus, dass es einem selber erwischen kann und seine Nation den Weg ins Dunkel der Geschichte gehen wird?

Wir brauchen nur einige Jahrhunderte zurückgehen, um die vielen verlorenen Schlachten zu sehen, die nach ersten berauschenden Erfolgen kamen und das Ende einer Nation einläuteten.
Deshalb sollte sich jeder einzelne genau überlegen, ob er den Verlockungen der vermeintlichen Regenten erliegen oder denen lieber eine Absage erteilen sollte.

Dabei hat jedes Land so viele Aufgaben, um das Wohl seiner Bürger zu verbessern, die ein Regent erledigen müsste, um allen ein Auskommen zu geben, beziehungsweise zu sichern.

Da gilt es den Einklang zwischen Natur und Arbeit zu finden.

Da gilt es das Sozialsystem zu verbessern.

Da gilt es seine Bürger zu schulen.

Da gilt es neue Technologien zu entwickeln, zum Wohle seiner Bürger.

Da gilt es mit seinen Nachbarn Handel zu treiben.

Da gilt es anderen Völkern zu helfen, um auch bei ihnen das Leben lebenswert zu machen.

Da gilt es das Leben sicherer zu machen.

Dies sind nur einige, wenige Beispiele, die aber zeigen, dass die Aufgaben doch sehr gewaltig sind, die eine Nation allein kaum bewältigen kann. Es zeigt sich, dass dies nur gemeinsam geschafft werden kann. Wir können nur gemeinsam die Probleme dieser Zeit meistern. Alles andere ist zwangsläufig zum Scheitern verurteilt.
Aber leider zeigt sich in heutiger Zeit wieder einmal das Bestreben, nur für sich selbst das Beste aus dem Kuchen herauszupicken und alle anderen können sehen, wo sie bleiben.

Als erstes komme ich und nochmals ich und nach mir kommt lange nichts. Sollte sich einer dagegen aufbegehren, dann muss ich ihn vernichten, bevor er mir gefährlich werden kann.

I`m first !!!

Dabei schrecken viele auch nicht vor Gewalt zurück. Die Hauptsache ist, ich bekomme das, was ich möchte! Alles andere ist mir egal. Nach mir die Sintflut. Hauptsache ich!

I`m first!!!

Diese Rücksichtslosigkeit nimmt auch in unserer heutigen Zeit immer mehr zu. Da wird mit allen Mittel um jeden noch so kleinen Vorteil gekämpft.
Wir können dies im täglichen Leben überall sehen und erleben und sei es nur auf einem Parkplatz vor dem Supermarkt. Die Worte „Rücksicht", „Hilfe" und „Toleranz" haben viele aus ihrem Sprachschatz scheinbar gestrichen. Es geht nur um den persönlichen Vorteil und sei er auch noch so klein. Nach dem Motto, ich bin zehn Zentimeter weiter nach vorne gekommen, als du!

Dabei heißt es doch in der heiligen Schrift:

„Die Letzten werden die Ersten sein"

Bei allen Überlegungen, wie man immer mehr bekommen kann, sollte man immer eins bedenken, es wird immer einen geben, der noch mehr haben möchte, als der Größte und dies wird immer eine Spirale der Gewalt nach sich ziehen.

Wir brauchen uns doch nur in der Welt umschauen! Dort erleben wir jeden Tag das Grauen eines Krieges.

Wenn man sich mit der Geschichte des ersten und zweiten Weltkrieges beschäftigt, vor allem die Generation, die beide Weltkriege mitmachen „durften", wird man erschreckt sein, wie grausam schon der erste Weltkrieg war.

Wie wird der dritte Weltkrieg dann wohl werden? Haben wir eigentlich darüber mal einmal nachgedacht?

Wir stehen kurz vor dem Abgrund und der totalen Vernichtung unserer Erde. Oder glaubt man, dass man nach einen weltweiten Atomkrieg unsere Erde noch nutzen kann?

Wenn ja, aber mit welchen Folgen?

Auch wenn die Regenten meinen, sie seien sicher in ihren Bunkern, wird es ihnen nichts nützen, wenn sie kein Volk mehr haben, dass durch seine Arbeit und Einsatz für den Wohlstand gesorgt hatte und nun nicht mehr existiert.

Wir haben andere Aufgaben, die wir erfüllen müssen. Sie müssen unser Überleben in Frieden sichern. Daran gilt es zu arbeiten.

Warum schreibe ich dies?

Nun, mein Opa stellte sich auch oft diese Frage.

Als er Jugendlicher war und die ersten Schritte in den Beruf machte, plante er hier schon seine Zukunft. Der letzte Krieg lag schon 43 Jahre zurück und man hoffte, dass dies auch so bleiben würde. Doch die Lage wurde in Europa immer explosiver. Dies machte ihm schon in jungen Jahren große Sorgen.

Das Jahr 1914

Bevor ich auf die weiteren Ereignisse näher eingehe, will ich einen kurzen kleinen Blick auf das Jahr 1914 werfen.

Im Februar des Jahres 1914 wurde mein Opa 19 Jahre alt. Er arbeitete als Bohrer bei einer Düsseldorfer Firma.

Hier ein kurzer Überblick aus dem Jahre 1914:

Januar:

blieb noch recht ruhig, wenn man von der Übernahme der Vossischen Zeitung durch den Berliner Ullstein Verlag absieht.

Februar:

Deutsch-Französisches Abkommen über Eisenbahnbauten im Osmanischen Reich.

Rosa Luxemburg wird zu einem Jahr Gefängnis verurteilt.

März:

Neuer Weltrekord im Alleinflug von 14 Stunden und sieben Minute durch den Berliner Pilot B. Lunger.
Rücktritt des italienischen Ministerpräsidenten G, Giolitti

Kaiser Franz Joseph I löst das Tschechische Parlament auf.

Chr. Morgenstern stirbt in Meran.

April:

A. Einstein nimmt seine Tätigkeit an dem Kaiser-Wilhelm-Institut für Physik auf.

Paul v. Heyse stirbt in München

70000 Arbeiter werden in Petersberg ausgesperrt.

Vera Cruz wird von amerikanischen Truppen besetzt – Kriegsgefahr!

Mai:

Große Berliner Kunstausstellung findet statt.

Das britische Unterhaus lehnt die Einführung eines Frauenstimmrechtes ab!

Die Linken in Frankreich erzielen einen klaren Wahlsieg.

Karl Liebknecht kritisiert deutsche Regierung.

Spvgg Fürth wird mit einem 3:2 über den VFB Leipzig deutscher Meister

Juni:

Ein Streik in Italien weitet sich aus und wird durch das Militär niedergeschlagen.

Kaiser Wilhelm II reist zusammen mit Großadmiral A. Von Tirpitz zu einem Besuch zum österreichischen - ungarischen Thronfolger Franz Ferdinand. Hier spricht sich Tirpitz für eine militärische Lösung aus, um die Probleme zwischen Österreich und Ungarn zu lösen.

In Wien stirbt die Pazifistin Bertha von Suttner.

Eröffnung des Kaiser-Wilhelm-Kanals.

Am 28. Juni löste das Attentat auf den Erzherzog Franz Ferdinand und seiner Gemahlin ein internationales Entsetzen aus. Es werden starke Spannungen zwischen den Völkern ausgelöst, die sich zur

„Juli Krise"

steigern.

Juli

J. Chamberlain stirbt in London

Deutschland gibt seine Zusicherung zur Bündnistreue zwischen Österreich und Ungarn ab.

Russland und Frankreich versichern sich ebenfalls zu gegenseitiger Bündnistreue.

Ultimatum von Österreich/Ungarn an Serbien.

Serbien geht auf das Ultimatum scheinbar ein, macht aber gleichzeitig mobil.

Österreich/Ungarn brechen die diplomatischen Beziehungen zu Serbien ab.

Russland beschließt Serbien zu unterstützen.

Österreich/Ungarn macht ebenfalls mobil.

Am 28. erklärt Österreich/Ungarn Serbien den Krieg.

Ein Tag später macht Russland eine Teilmobilmachung seiner Armeen. Daraus wird am 30. eine Generalmobilmachung

Großbritannien lehnt eine gewünschte Neutralitätszusage von deutscher Seite im Kriegsfalle ab.

Einen weiteren Tag später verkündet Wilhelm II den „Zustand eines drohenden Krieges" an.

Generalmobilmachung von Österreich und Ungarn.

Bei einem Attentat in Paris stirbt J. Jaurès

August:

Deutschland macht ebenfalls mobil.

Am 3. erfolgte die deutsche Kriegserklärung an Frankreich. Der Einmarsch erfolgte über Belgien.

Ansprache von Wilhelm II an das deutsche Volk.

Kriegserklärung von Montenegro an Österreich.

Generalmajor Ludendorff besetzt Lüttich.

Am 11. und 12. folgen die Kriegserklärungen von Frankreich und England an Österreich.

Papst Pius X stirbt am 20. in Rom.

Danach ging der Krieg an allen Fronten in Europa los. Die Schlacht bei Tannenberg brachte der russischen Armee eine vernichtende Niederlage ein. Deutsche Truppen dringen über die Marne weiter vor und bedrohen Paris. Österreich verliert bei Lunberg.

Die Schlacht an der Marne wird zum Anlass genommen H. v. Moltke durch E. v. Falkenhorn zu ersetzen.

Der Dichter A. Lichtenstein und der Maler A. Macke fallen in der Schlacht um Champagne.

Oktober:

Beginn der ersten Schlacht in Flandern.

Der Dichter E. Stadler fällt in den Kämpfen um Ypern.

November:

Die russische Offensive scheitert in Westgalizien gegen die Truppen von Österreich und Ungarn.

Hindenburg wird zum Generalfeldmarschall ernannt.

Dezember:

Das deutsche Kreuzergeschwader unter der der Führung von M. Reichsgraf v. Spee wird in der Schlacht vor den Falklandinseln vernichtend geschlagen.

Damit begann das sinnlose Sterben an allen Fronten in Europa.

Dann gab es den Zwischenfall in Sarajewo. Und plötzlich waren alle der Meinung, dass man diesen Konflikt nur mit Waffen lösen konnte. Es zog einen Flächenbrand nach sich. Plötzlich wurde mein Opa nach einer Mobilmachung eingezogen und musste in den Krieg ziehen, den er nicht wollte.

Was er dort erleben müsste, erzähle ich in den nächsten Kapiteln.

Das Sturm-Bataillon 7 Infanterie-Geschütz-Batterie 15

Dieses Sturmbataillon 7 wurde am 4.12.1916 durch das Armee-Oberkommando 7 aufgestellt.

Am 22. April 1917 erhielt das Infanterie-Geschütz-Batterie Nr. 4 Zuwachs durch die **IGB 15** Führer war: Oberleutnant Litzmann sowie mit den Batterie-Offiziere: Leutnant Barbo, Mäkeler und Sternberg.
Dazu kamen noch die IGB 23 und 19

Hier war auch mein Opa im Einsatz. (IGB 15)

Ein altes Dokument aus dem Jahre Winter 1917/1918 zeigt uns einige Einblicke aus dem harten Leben an der Front.
Bosmont an der Serre wurde für 18 Monate die Ausbildungsstätte für das neu gebildete Sturmbataillon 7

Aber welche Aufgaben hatten die Sturmbataillone?

Diese Sonderverbände der Armee wurden in der Regel als Lehr- und Ausbildungstruppe eingesetzt.

Ferner wurden sie mit speziellen, schwierigen Gefechtsaufgaben betraut, wobei die Verbände meist nicht geschlossen eingesetzt wurden.

Sie wurden meist in gemischten Formationen unter Berücksichtigung verschiedenster Mittel und Fähigkeiten aufgestellt.

Dabei wurden im Verlauf des Krieges Granat- und Minenwerfer, Infanterie-Geschütze, sowie leichte Maschinengewehre 08/15 und Flammenwerfer eingesetzt.

Das Höchstalter für die Mannschaften betrug 25 Jahre. Sie erhielten eine spezielle Ausbildung und die damals modernste Ausrüstung.

Auch die Besoldung war besser als die der anderen Truppenteile.

Gleichzeitig wurden die Kampfeinsätze nur im begrenzten Maße vorgenommen, um die Verluste niedrig zu halten, eine lange Verweildauer an der Front zu vermeiden, um den Ausbildungsstandard der Übungstruppen auf hohen Niveau zu halten.

Jeder Sturmsoldat wurde an leichten Minenwerfer, Granatwerfer, Flammenwerfer, Handgranaten, an leichten und schweren Maschinengewehren und an den feindlichen Waffen ausgebildet. Damit waren sie überall einsetzbar.

Bilder aus dem Jahre 1917/1918

Deckblatt des Fotobuches

Auf der Rückseite dieses Deckblattes steht geschrieben:

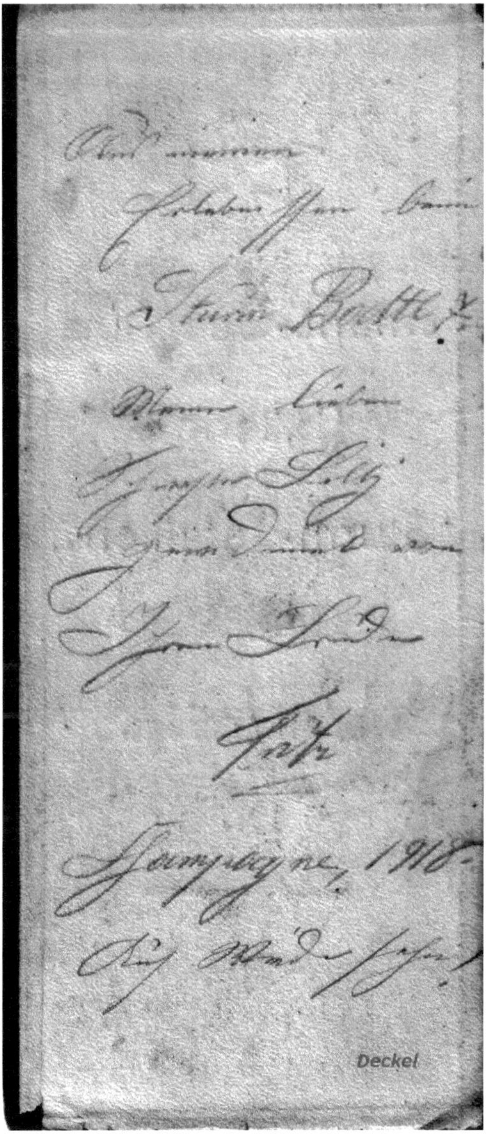
Champagne, 1918.
Deckel

Vier lange Jahre herrschte in den Regionen in Artois und Flandern der Grabenkrieg. Beide Seiten, sowohl die französische wie auch die deutsche Seite, legten ihre Kriegsführung defensiv aus und die Angriffe wurden nur punktuell ausgeführt, was dazu im Endeffekt eine Unmenge an Material und Männern erforderte, ohne einen Raumgewinn zu erzielen. Große Offensiven wurden 1915 und 1917 gefahren, die aber keine entscheidenden Vorteile für beide Parteien brachten.

Aber wie sah der Alltag der Soldaten in den Schützengräben aus?

Auch wenn die Soldaten nicht ununterbrochen im Kampf standen, so war der Alltag dennoch sehr belastend. Immer wieder musste man ständig unter der Bedrohung von Artilleriegeschossen leben, ebenso mit punktuellen Angriffen, oft in der Nacht, um die feindlichen Stellungen auszukundschaften. In Gebieten die als "ruhig" galten, starben jeden Tag Soldaten, sehr oft durch explodierende Granaten.

Damit die Soldaten den psychischen und physischen Belastungen reduzieren konnten, bemühte sich die Armeeführung um eine regelmäßige Ablösung von der Front. Die Soldaten wurden ins Hinterland verlegt. Aber hier gab es ein wenig mehr Freiheiten, aber dennoch standen dort Drill und Übungsmärsche auf der Tagesordnung.
Auch diejenigen, die in den Schützengräben lagen, wurden während der Gefecht-Pausen zu regelmäßigen Arbeitsdiensten verpflichtet. Sie wurden für den Nachschub, wie Trinkwasser, Verpflegung, Munition, Holz und Material eingesetzt, um die Verteidigungslinien zu verstärken. Die gesamten Bewegungen wurden zum Teil nachts durchgeführt, in engen, gewundene und schlammigen Verbindungsgräben, die auch immer wieder neu ausgehoben werden mussten. Nachts wurden dann auch Aufklärungseinsätze an den feindlichen Stellungen gemacht, um Gefangene zu machen, die neue Informationen liefern sollten.

Die neuen Waffen, wie Flammenwerfer und heftigste Artillerieangriffe führten zu schweren und schmerzhaften Verletzungen.

Aufgrund der prekären Lebensbedingungen der Soldaten in den Schützengräben gab es zahlreiche Erkrankungen, wie z. B. Lungenleiden oder den Grabenfuß, der durch das ständige Stehen in dem Schlammwasser der Gräben begünstigt wurde und zu Wundbrand führte.

Im Kriegsjahr 1918 grassierte auch die „Spanische Grippe" in den Schützengräben, die mehr Tote brachte als der Kampf selber.

Die psychischen Traumata waren der ständige Begleiter der Soldaten in der Allgegenwart von Tod und Gefahr. Viele Soldaten verloren ihre Kameraden oder mussten sich ihr Lager mit anonymen Toten teilen. Der Versuch sie zu begraben konnte zu einem tödlichen Unterfangen werden. Jeder Soldat, der einmal an der Front war, berichtete von dem schrecklichen Gestank, den die verwesenden Leichen verbreiteten. Die ständigen Bombenangriffe, denen die Soldaten ohne wirksamen Schutz ausgeliefert waren, führten ebenfalls zu schweren seelischen Schäden.

Die ständige Anspannung von einer Granate getroffen zu werden, führte zu Stress bedingten psychischen Störungen, die mit Langzeitschäden wie Schlafstörungen und schweren psychosomatischen Störungen führen konnten.
Um überhaupt eine Vorstellung zu haben mit welcher Wucht die Angriffe zum Teil erfolgten, hier zwei Zahlen:

Frühling 1915: Angriff der Franzosen am 9.5.1915, hier wurden an einem einzigen Tag mehr als 1.000 Geschütze eingesetzt und 30.000 Granaten abgeschossen.

Dies wurde im Frühjahr 1917 mit dem Angriff der Kanadier übertroffen. Hier feuerten 983 Geschütze über 1.000.000 Granaten auf die deutschen Linien.
Bei dem Nachschub von Munition gab es in den ersten Kriegsjahren noch zahlreiche Probleme, die aber 1917 verbessert wurden.

So war das Überleben in den Schützengräben nicht einfach und jeder Tag, jede Stunde, ja jede Minute, wenn nicht Sekunden konnte für jeden Soldaten sein Ende sein.

Dabei reichte es manchmal aus, wenn man sich mal aus seiner gebückten Haltung aufrichtete, um den Rücken zu entspannen. So kehrte manch einer nicht mehr von der Front zurück.

Auszug aus dem deutschen Heeresbericht der OHL aus dem Juni bis Dezember 1917

Damit man einen Überblick hat, was an dieser Front in Flandern zwischen dem Juni und Weihnachten 1917 geschah, zitiere ich aus dem oben genannten Heeresbericht der Obersten Heeresleitung:

Bei Vauxaillon (nordöstlich von Soissons) griffen die Franzosen nach mehrstündigem Feuer an; sie wurden zurückgewiesen. Sonst blieb die Artillerietätigkeit meist gering.
Heeresgruppe Herzog Albrecht: 14.Juni 17

15.Juni 17

Am Chemin-des-Dames lebte in den Abendstunden der Feuerkampf zu beiden Seiten der Straße Laon-Soissons und am Winterberg auf.

16. Juni 17

Längs der Aisne und im Westteil der Champagne nahm die Artillerietätigkeit abends erheblich zu und blieb an vielen Stellen auch in der Nacht lebhaft.

Berlin, 16. Juni, abends.

In einzelnen Abschnitten der flandrischen und Artois-Front sowie an der Aisne und in der Champagne lebhafter Artilleriekampf.
Die Vormittagsangriffe der Engländer bei Monchy und östlich von Croisilles wurden abgewiesen, sie haben eine Änderung der Lage nicht herbeigeführt.

17.Juni 17

An der Aisne-Front schwoll das Feuer zeitweilig zu erheblicher Stärke an. Am Chemin-des-Dames brachen abends Sturmtrupps eines bayerischen Regiments in die französische Stellung nordwestlich des Gehöftes Hurtebise, erkämpften sich den Besitz einer Bergnase und hielten sich gegen drei starke Gegenangriffe.

25 französische Jäger mit 4 Maschinengewehren wurden hier eingebracht.

In der Champagne war vielfach die Feuertätigkeit rege.

19.Juni 17

Von neuem versuchten die Franzosen bei Einbruch der Dunkelheit die ihnen kürzlich entrissenen Gräben nordwestlich des Gehöftes Hurtebise zurückzugewinnen; ihr zweimaliger Anlauf wurde zurückgeschlagen.

In der Champagne drang der Feind gestern morgen nach starkem Feuer in einen vorspringenden Teil unserer Stellung südwestlich des Hochberges.
Ein abends unternommener Vorstoß zur Erweiterung seines Besitzes schlug verlustreich fehl

Berlin, 20. Juni, abends. (Amtlich.)

Im Westen lebhafte Gefecht-Tätigkeit nur bei Vauxaillon, nordwestlich von Soissons.

Vom Osten nichts Neues.

An der Struma Vorpostenscharmützel.

21.Juni 17

Bei Vauxaillon, nordöstlich von Soissons, stürmten gestern nach kurzer, starker Minenfeuervorbereitung Kompanien einiger aus Rheinländern, Hannoveranern und Braunschweigern bestehender Regimenter die französische Stellungen 1500 Meter Breite.
Der durch bewährte Sturmtrupps, Artillerie und Flieger gut unterstützte Einbruch in die feindliche Linie erfolgte für den Gegner völlig überraschend; einzelne Stoßtruppen drangen durch die Annäherungswege bis zu den Reserven vor und machten auch dort Gefangene.

Die blutigen Verluste des Feindes sind schwer; über 160 Gefangene und 16 Maschinengewehre wurden zurückgebracht, einige Minenwerfer gesprengt. In den gewonnenen Gräben sind tagsüber heftige Gegenangriffe der Franzosen abgewehrt worden.

Mit starkem Wirkungsfeuer bereitete der Feind nordwestlich des Gehöftes Hurtebise ein Unternehmen vor, dessen Durchführung in unserem Vernichtungsfeuer unterblieb. Auf dem westlichen Suippes-Ufer war abends die Feuertätigkeit sehr lebhaft.

In der Ostchampagne und am Westhang der Argonnen holten unsere Stoßtrupps mehrere Gefangene aus den französischen Linien.

22.Juni 17

Mit großer Hartnäckigkeit suchten die Franzosen ihre bei Vauxaillon verlorene Stellung zurückzuerobern. Gestern Vormittag liefen sie nach starkem Feuer viermal unter Einsatz frischer Kräfte an. Nach zähem Nahkampf verdrängten sie unsere Truppen aus einem Teil der Gräben nordöstlich von Vauxaillon.

Die weiter südlich angesetzten Angriffe hatten keinen Erfolg; der Feind erlitt hier durch unsere Abwehr hohe Verluste.

Rege Kampftätigkeit herrschte in der westlichen Champagne.

Morgens griffen die Franzosen am Sattel östlich des Cornillet an und drangen in unsere Linien ein. Gegenstöße verhinderten sie, den errungenen Vorteil auszubauen.
Abends brachen unsere Stoßtrupps nordöstlich von Prunay und südwestlich von Nauroy in die französischen Gräben ein und holten 30 Gefangene und Beutestücke zurück.

24.Juni 17

Im Vauxaillon-Abschnitt und südöstlich von Filain sowie auf dem Westufer der Aisne, in der westlichen Champagne und auf der linken Maasseite war die Artillerietätigkeit zeitweilig stark. Zusammengefasstes Wirkungsfeuer zwang die Franzosen, das am 18. und 21. Juni östlich des Cornilletberges gewonnene Gelände zu räumen.

Unsere Erkunder stellten hohe Verluste des Feindes fest.

26.Juni 17

Heeresgruppe Deutscher Kronprinz:
Bei Vauxaillon lag starkes französisches Feuer auf den seit den Kämpfen am 20. und 21. Juni fest in unserer Hand befindlichen Gräben.

Nach lebhaftem Feuerkampf griffen die Franzosen nordwestlich des Gehöftes Hurtebise, die von uns neulich gewonnene Höhenstellung an. Der Gegner drang trotz hoher Verluste, die seine Sturmwellen in unserem Feuer erlitten, an einigen Stellen in unsere Linien.
Sofort einsetzender Gegenangriff warf ihn zum größten Teil wieder hinaus.

Die Artillerietätigkeit war auch in anderen Abschnitten der Aisne- und Champagne-Front bei guter Sicht recht lebhaft.

Ein eigenes Stoßtrupp-Unternehmen südlich von Tahure führte zum beabsichtigten Erfolg.
Heeresgruppe Herzog Albrecht:

9.Juli 17

Bei der Heeresgruppe Deutscher Kronprinz wurde ein Angriff zur Verbesserung unserer Stellungen am Chemin-des-Dames mit vollem Erfolg durchgeführt.
Nach einem Feuerüberfall von Minen- und Granatwerfern auf die Sturmziele brach die Infanterie, gedeckt durch das Riegelfeuer der Artillerie, zum Einbruch vor.

Die aus Niedersachsen, Thüringern. Rheinländern und Westfalen bestehenden Sturmtruppen nahmen in kraftvollem Stoß die französischen Gräben südlich von Pargny-Filain in 3½ Kilometer Breite und hielten die gewonnenen Linien gegen fünf feindliche Angriffe.

Zur Ablenkung des Gegners waren kurz vorher an der Straße Laon-Soissons Sturmabteilungen hessisch-nassauischer und westfälischer Bataillone in die französischen Gräben gedrungen; sie kehrten nach Erfüllung ihres Auftrages mit einer größeren Zahl von Gefangenen befehlsgemäß in die eigenen Linien zurück.

Der überall heftigen Widerstand leistende Feind erlitt hohe blutige Verluste, die sich bei ergebnislosen Gegenangriffen auch während der Nacht noch steigerten.

Es sind 30 Offiziere und über 800 Mann gefangen eingebracht worden; die Beute an Kriegsgerät ist sehr erheblich.

Auf dem Westufer der Maas haben die Franzosen aus den Kämpfen in der Nacht zum 8. Juli einige kleine Grabenstücke in der Hand behalten; heute vor Tagesgrauen nordöstlich von Esnes einsetzende Vorstöße sind zurückgewiesen worden.

Östlicher Kriegsschauplatz:
15.Juli 17
Heeresgruppe Deutscher Kronprinz:
Am Chemin-des-Dames wurden dem Feinde durch Angriff wichtige Stellungen südöstlich von Courtecon entrissen. Nach zusammengefasster Wirkung von Artillerie und Minenwerfern stürmten Teile des Infanterieregiments Generalfeldmarschall v. Hindenburg und anderer ostpreußischer Regimenter sowie des Sturmbataillons 7 die französische Stellung in 1500 Meter Breite und 300 Meter Tiefe.

Der Gegner leistete erbitterten Widerstand, so dass es zu hartnäckigen Nahkämpfen kam. Die Sturmziele wurden überall erreicht und gegen drei starke Gegenangriffe gehalten.
Die blutigen Verluste der Franzosen sind schwer; bisher sind über 350 Gefangene eingebracht worden. Die beträchtliche Beute ist noch nicht gezählt.
In der Westchampagne hat nach viertägigem schwersten Feuer gestern 9 Uhr abends der französische Angriff gegen unsere Stellungen südlich von Nauroy bis südöstlich von Moronvilliers eingesetzt.

Der Ansturm der starken feindlichen Kräfte wurde dank der tapferen Haltung unserer Infanterie und der gesteigerten Abwehr- und Gegenwirkung der Artillerie im wesentlichen abgeschlagen.
Am Hochberg und Pöhlberg entstanden nach Abweisen des ersten Ansturms durch erneuten Angriff des Gegners örtliche Einbruchstellen, an denen am Morgen noch gekämpft wurde.

Auch auf dem linken Maasufer griffen die Franzosen nach Trommelfeuer an der Höhe 304 an.

An keiner Stelle gelang es dem Feinde, unsere Gräben zu erreichen; seine Sturmwellen brachen in unserem Vernichtungs- und Sperrfeuer zusammen. Im Grunde von Vacherauville am Ostufer der Maas hielt unsere Artilleriewirkung einen sich vorbereitenden Angriff nieder.

30.Juli 17

Am Chemin-des-Dames versuchte gestern die französische Führung in 9 Kilometer breiter Front mit mindestens 3 neu eingesetzten Divisionen wieder einen großen Angriff.

Nach Trommelfeuer brach morgens der Feind von Cerny bis zum Winterberg bei Craonne mehrmals zum Sturm vor; unsere kampferprobten Divisionen wiesen ihn durch Feuer und im Gegenstoß überall ab.
Ein oft bewährtes rheinisch-westfälisches Infanterieregiment schlug allein vier Angriffe zurück.

Abends erneuerte der Gegner südlich von Ailles nach tagsüber andauerndem Vorbereitungsfeuer seine Angriffe noch zweimal; auch diese Stöße scheiterten.

Schwere Verluste ohne jeden Erfolg sind die Kennzeichen des Kampftages für die Franzosen.
Im Luftkampf verloren die Feinde 10 Flugzeuge; Oberleutnant Ritter v. Tutschek schoss seinen 21. Gegner ab.

Hier unterbreche ich einmal den Heeresbericht der OHL, um auf einen Bericht von Fritz Ristow, den er in seinem Buch:

„Sturmgrenadiere"

Chronik des Sturmbataillon Nr. 7
Der Kampf seiner Grenadiere, Kanoniere und Pioniere am Chemin des Dames

erwähnt, erlebt und über diesen Kampf folgendes geschrieben hatte:

Ich zitiere hier wörtlich aus seinem Buch:

Angriff gegen den Tunnel bei Cerny am 31. Juli 1917

Seit Anfang Juli lag die 13. Inf.-Division (Generalmajor v. Borries) in Stellung südostwärts Cerny.

Sie hatte eine Abwehrgliederung vorgefunden, die mit der vordersten Linie am äußersten Rande der Bovelle-Hochfläche klebte, im Rücken die Cerny-Mulde sowie den Landwehrkrater und die Bovelle-Mulde. Im Laufe der Wochen war es durch zahlreiche Unternehmungen gelungen, im Angriff eine gewisse Tiefengliederung zu erreichen und dem Feinde die Einsicht in das Ailette-Tal zu sperren.

Auch am linken Flügel auf den Höhen südlich des Else-Tals war am 25. Juli zusammen mit dem Angriff der 14. Inf. -Division (linker Nachbar) eine wesentliche Stellungsverbesserung erreicht worden. Alle diese Unternehmungen hatte die Division mit eigenen Truppen ausgeführt, deren Stoßtrupps nach dem Vorbild des Sturmbataillon bestens geschult waren.

Da die jetzige Lage der Abwehrstellung noch nicht befriedigte, wurde ein neuer Schlag geplant, der den Gegner den nach Süden offenen Bogen auf den Bovelle-Rücken entreißen und die Beobachtungen auf der Höhe des Damen-Weges nehmen sollte.

Der Angriff war auf den 31.7 am frühen Nachmittag festgesetzt, zu einer Zeit, in der die Franzosen nach der Mahlzeit zu ruhen pflegen.
(* Divisionsbefehl der 13. ID/1a 201172)

An diesem Tage um 14 Uhr brechen die Sturmkolonnen der Division nach kurzem, überwältigen Artillerie- und Minenwerfer-Feuer in den Feind ein. Auf einer Breite von 1500 m von Cerny nach Osten gelingt überall der Einbruch und wird bis ans Angriffsziel mit 700 m Tiefe vorgetragen. Überraschend schnell künden hochsteigende Leuchtkugeln das Erreichen der befohlenen Linie. Dichte Massen von Gefangenen schieben sich über die Hochfläche am Landwehrkrater den Ailette-Grunde zu.
Die Franzosen sind völlig überrascht worden; ihr Artilleriefeuer erwacht erst zu vollem Leben, als deutsches Artillerie- und Minenfeuer nach sprungweiser Vorverlegung das Kampfgebiet abriegelt.

Im Rahmen dieses Angriffs sind zur Unterstützung des III./IR 13 eingesetzt:

Leutnant Ahrens und zwei Stoßtrupps mit vier Flammenwerfer vom Sturmbataillon.

Ihre Aufgabe ist:

Im schnellsten Lauf den Südausgang des Cerny-Tunnels II zu besetzen, um die feindliche Besetzung darin abzuschneiden und der Infanterie die Besetzung und Behauptung der noch weiter südlich liegenden Ziellinie zu ermöglichen. Der Weg bis zum Tunnel-Ausgang ist weit (500 m), aber in einem Zug dringt der Stoß durch, immer von den zwei Geschützen des Leutnant Mäkeler **(IGB 15)** mit kurzen, genauen Vorschießen schützend begleitet. Der Feind im Tunnel ist völlig überrascht und ergibt sich ohne Gegenwehr. Die Aufgabe der Stoßtrupps ist damit eigentlich erfüllt.
Aber die Infanterie hat im Angriffstempo nicht mithalten können und hängt ab. Störend ist dadurch das Fehlen von MG, (MG = Maschinengewehr) die den Stoßtrupps unmittelbar folgen sollten; zahlreiche Franzosen können sich deshalb der Gefangenschaft durch Flucht entziehen. Um die geschwächten Kompanien zu verstärken, stürmen die Stoßtrupps nach Erledigung ihrer Aufgabe noch weiter bis in die Zielgräben der Infanterie mit vor.

Der Kommandeur III./IR. 13 hatte unter Zustimmung der Division mit der Artillerie vereinbart, das Riegelfeuer hier eine Zeit lang vorzuverlegen, um dem Gegner noch über das Angriffsziel hinaus nachstoßen zu können.
Die Stoßtrupps mit Pionieren und Infanterie gehen wirklich noch weiter vor und holen , durch kein Riegelfeuer gehindert, Gefangene aus der Troyon-Schlucht.
Aber der Feind hat sich jetzt zur Gegenwehr gestrafft. Es treten schwere Verluste ein Fast alle Führer der Infanteriekompanien werden verwundet. Leutnant Ahrens von Sturmbataillon fällt .
Wieder ist versäumt worden, eine lückenlose Abwehrlinie im Angriffsziel einzurichten,
Gegenstöße des Feindes treffen leere Räume; Franzosen die schon abgeschnallt hatten, greifen wieder zu den Waffen.
Aber die Reste der Stoßtrupps, Pioniere und 9./IR. 13 halten die Linie vor dem Südausgang des Tunnels, der weitere Stoß der Franzosen wendet sich vergeblich gegen ihre rechte Flanke, er dringt bis in die Ausgangsstellung, wo deutsche Gegenstöße Halt gebieten.

Das Ergebnis:

Noch in der darauf folgenden Nacht und in den nächsten Tagen drückte die Division durch kleine Teilangriffe den feindlichen Einbruch wieder zurück, so dass als Ergebnis des Angriffs die erstrebte Stellungsverbesserung erreicht war.
Bei einer Beteiligung von 2 Offizieren, 36 Mann des Sturmbataillons betrugen die Verluste 12 (8 tot, davon 1 Offizier, 4 verwundet)

Soweit der Auszug des Berichtes, um einmal einen Vergleich zu haben, wie es wirklich an der Front zu ging.
Weitere Informationen zu dem Sturmbataillon 7 können sie aus dem oben genannten Buch nachlesen.

Nach diesem kurzen Ausflug auf die andere Seite der Truppe gehe ich wieder zu dem Bericht der Heeresleitung zurück.

1. August 17

Heeresgruppe Deutscher Kronprinz:
Am Chemin-des-Dames erschöpften die Franzosen erneut ihre Kräfte in viermaligem, vergeblichem Ansturm gegen unsere voll behaupteten Stellungen südlich von Filain. Weiter östlich brachte die kampfbewährte westfälische 13. Infanteriedivision dem Feinde wieder eine erhebliche Schlappe bei.
In frischem Draufgehen entrissen die Regimenter nach kurzer verheerender Feuervorbereitung den Franzosen das Grabengewirr auf der Hochfläche des Gehöftes La Bovelle.

Über 1500 Gefangene, von denen eine große Zahl durch Sturmtrupps aus der Schlucht nordöstlich von Troyon geholt wurden, fielen in unsere Hand.

Erst abends setzten feindliche Gegenangriffe ein, die in den erreichten Linien abgewiesen wurden.
Auf dem westlichen Maasufer stürmten tapfere badische Bataillone die kürzlich an den Feind verlorene Stellung beiderseits der Straße Malancourt-Esnes wieder.

In mehr als 2 Kilometer Breite und 700 Meter Tiefe wurden die Franzosen dort zurückgeworfen. Über 500 Gefangene konnten eingebracht werden.

17. August 17

Im mittleren Teil des Chemin-des-Dames herrschte tagsüber lebhafte Kampftätigkeit der Artillerien.

Nachdem schon morgens ein Vorstoß gescheitert war, setzten am Abend starke französische Angriffe zwischen Cerny und Gehöft Hurtebise in etwa 5 Kilometer Breite ein.

Die Angriffe wiederholten sich; hin- und her wogender Kampf tobte bis in die Nacht. Wir blieben voll im Besitz unserer Stellungen; die vergeblichen Anläufe haben dem Gegner viel Blut gekostet.

Berlin, 17. August, abends. (Amtlich.)

In Flandern und bei Verdun nur Artilleriekampf in wechselnder Stärke. In St. Quentin stehen die Häuser in nächster Umgebung der Kathedrale noch in Brand, die anhaltende Beschießung durch die Franzosen erweitert den Feuerherd.

22. August 17

Heeresgruppe Deutscher Kronprinz:
Auf dem Schlachtfeld bei Verdun führten die Franzosen gestern ihre Angriffe in einigen Abschnitten fort; vielfach wurde bis in die Nacht hinein gekämpft.
Im Südostteil des Avocourt-Waldes und auf dem Hügel östlich davon fasste der Feind nach mehrmaligem vergeblichem Ansturm Fuß. An der Höhe 304 scheiterten alle Angriffe, auch die von Südwesten und vom Toten Mann her umfassend angesetzten, in unserem Feuer und an der Zähigkeit der tapferen Verteidiger. Vorstöße, die sich vom Rücken östlich des Rabenwaldes gegen den Forgesgrund richteten, wurden abgewiesen.
Auf dem Ostufer der Maas drangen die Franzosen in den Südteil von Samogneux ein.

Im übrigen wurden ihre dichten Massen, die von der Höhe 344 bis zur Straße Beaumont-Vacherauville und im Fosseswald vor- und nachmittags gegen unsere Linien anstürmten, blutig zurückgeworfen.

Die Verluste der feindlichen Infanterie waren schwer; die französische Führung musste mehrere der zehn Angriffsdivisionen durch frische Truppen ersetzen.

26. August 17

Heeresgruppe Deutscher Kronprinz:
Bei Verdun nahm die Gefechtstätigkeit beiderseits der Maas wieder zu. Westlich des Flusses stießen die Franzosen morgens und abends gegen unsere Stellungen am Forgesbach zwischen Malancourt und Bethincourt mit starken Kräften vor. Im wirksamen Feuer unserer Artillerie wurden beide Angriffe unter schweren Verlusten abgeschlagen. Ebenso ergebnislos blieb ihr Versuch, auf dem östlichen Ufer von der Höhe 304 aus nach Norden vorzudringen.

Französische Infanterie im Schützengraben vor Verdun

10. September 17

Heeresgruppe Deutscher Kronprinz:

In der Champagne fühlten in einigen Abschnitten französische Aufklärungstrupps gegen unsere Stellungen vor; sie wurden vertrieben.

An der Nordfront von Verdun spielten sich tagsüber Infanterie-Teilkämpfe ab. Östlich von Samogneux stießen unsere Sturmtruppen in die französischen Linien beiderseits der Höhe 344 vor, sie fügten dem Feinde schwere Verluste zu und kehrten mit mehr als 100 Gefangenen zurück.

Außerdem befreiten sie einen Schützenzug, der sich seit dem 7. September, rings von Franzosen umschlossen, aller Angriffe des Gegners in heldenmütiger Ausdauer erwehrt hatte. Am Fosses- und im Chaume-Walde wurde mit blanker Waffe und Handgranaten erbittert gerungen; eine Änderung der Lage trat durch die französischen Angriffe nicht ein.

11. September 17

Heeresgruppe Deutscher Kronprinz: Unternehmungen französischer Erkundungstrupps, meist durch heftiges Feuer vorbereitet, wurden nordwestlich von Reims und in mehreren Abschnitten der Champagne zum Scheitern gebracht.

Auf dem östlichen Maasufer griffen gestern morgen starke französische Kräfte vom Fosses- bis zum Chaume-Wald (3½ Kilometer) an. Südlich des Wavrille-Waldes in unsere Kampfzone eingedrungener Feind wurde durch Gegenstoß geworfen. An der übrigen Front brachen die französischen Sturmwellen in unserem Abwehrfeuer verlustreich zusammen. Im Laufe des Tages noch mehrfach erfolgende Angriffsversuche des Gegners schlugen stets fehl.

Im Nachdrängen schoben wir an einigen Punkten unsere Linien vor.

17. September 17

Heeresgruppe Deutscher Kronprinz:
Längs der Aisne, vornehmlich nordöstlich von Soissons, ferner in der Champagne und vor Verdun schwoll die Kampftätigkeit der Artillerien vielfach zu stärkerer Wirkung an.

In mehreren Erkundungsgefechten büßten die Franzosen Gefangene ein.

Aus feindlichen Fliegergeschwadern, die gestern Colmar zweimal angriffen, wurden 2 Flugzeuge durch eine unserer Jagdstaffeln abgeschossen.

18.Oktober 17

Heeresgruppe Deutscher Kronprinz:
Nordöstlich von Soissons hat sich die seit Tagen lebhafte Kampftätigkeit zur Artillerieschlacht entwickelt, die seit gestern früh vom Ailette-Grund bis Braye mit nur kurzen Pausen andauert.
Auch die Batterien der Nachbarabschnitte beteiligen sich am Feuerkampf.
Von der Aisne bis auf das Ostufer der Maas nahm in vielen Teilen der Front das Feuer gleichfalls erheblich zu.

An der Nordostfront von Verdun stießen zu kühnem Handstreich gestern morgen badische Sturmtruppen bei Höhe 344 östlich von Samogneux in die französischen Gräben vor, zerstörten große Unterstände und führten die Besatzung, soweit sie nicht im Nahkampf fiel, gefangen zurück.
Abends machte der Feind zwei Gegenangriffe gegen die genommenen Grabenstücke; beide Male wurde er zurückgewiesen.

19. Oktober 17

Heeresgruppe Deutscher Kronprinz:
Nach regnerischem Morgen schwoll von gestern Mittag ab die Artillerieschlacht nordwestlich von Soissons wieder zu voller Höhe an und tobt seitdem bei gewaltigem Munitionseinsatz fast ununterbrochen. Morgens drangen bei Vauxaillon, abends an der ganzen Front bei Braye nach Trommelfeuer starke französische Abteilungen zu Erkundungsvorstößen vor; in örtlichen Kämpfen wurde der Feind überall zurückgeworfen.
Die Nachbarabschnitte und das Rückengelände der Kampffront lagen unter sehr starkem Störungsfeuer, das von uns kräftig erwidert wurde.

Im Ostteil des Chemin-des-Dames griffen die Franzosen erneut dreimal unsere Stellungen nordöstlich der Mühle von Vauclerc an; sie wurden blutig abgewiesen.

20.Oktober 17

Die Artillerieschlacht nordöstlich von Soissons dauert an.

In nur nachts vorübergehend nachlassender Heftigkeit bekämpften sich die dort zusammengezogenen Artilleriemengen mit äußerster Kraft. Anhaltendes Massenfeuer von Minenwerfern hat die vordere Kampfzone zwischen Vauxaillon und Braye in ein Trichterfeld verwandelt. Einzelne Vorstöße französischer Aufklärungstrupps wurden abgewiesen; größere Angriffe sind bisher nicht erfolgt.

Östlich der Maas schwoll die Feuertätigkeit gestern Nachmittag an. Mehrere eigene Unternehmungen brachten uns Gefangene ein.

21.Oktober 17

Heeresgruppe Deutscher Kronprinz:
Nach nebligem und daher etwas ruhigerem Morgen steigerte sich bei mittags besser werdender Sicht die Artillerieschlacht von Vauxaillon bis Braye wieder zu größter Heftigkeit. Sie dauerte unvermindert. vielfach zum Trommelfeuer anschwellend, auch während der Nacht an. Größere Angriffe sind bisher nicht erfolgt.

Bei den übrigen Armeen blieb die Gefechtstätigkeit meist gering.

23.Oktober 17

Heeresgruppe Deutscher Kronprinz:
Die Artillerieschlacht nordöstlich von Soissons setzte mittags mit voller Wucht wieder ein, nachdem es an dem nebeligen Morgen bei geringerer Feuertätigkeit nur zu Erkundungsvorstößen der Franzosen gekommen war.
Der Munitionseinsatz aller Kaliber erreichte am Abend im Kampfgebiet zwischen dem Ailette-Grunde und Braye eine gewaltige Höhe.

Bei Eintritt der Dunkelheit ließ das feindliche Feuer nach, um dann von Mitternacht an sich zu anhaltender Trommelwirkung zu steigern.

23. Dezember 17

Heeresgruppe Deutscher Kronprinz:
Zu beiden Seiten der Maas nahm in den Abendstunden das Artilleriefeuer zu.

Die tagsüber in vielen Abschnitten sehr starke Fliegertätigkeit blieb auch bei heller Mond-Nacht rege. Sheerneß, Dover, Dünkirchen sowie Bahnanlagen und Munitionslager hinter der englischen und französischen Front wurden kräftig mit Bomben belegt.

Übersicht der Lage bei Bosmont, wo auch zahlreiche Kämpfe stattfanden.

Der Kaiser bei den Verdun-Kämpfern

Berlin, 23. Dezember.

Der Kaiser besuchte am 21. Dezember die Nordfront von Verdun, heftete dem Oberbefehlshaber General v. Gallwitz den Schwarzen Adlerorden an und überreichte dem Chef des Generalstabes der Armee den Orden Pour le mérite. Sodann trat der Kaiser eine dreistündige Rundfahrt östlich der Maas an. An zwei Stellen der Rue Nationale waren geschlossene Verbände zur Besichtigung aufgestellt.

Der Kaiser richtete an die versammelten Offiziere warme Worte des Dankes. "Ohne die stillen, heldenmütigen Kämpfer an der Westfront", führte der Kaiser aus, "wäre niemals die ungeheure Entfaltung der deutschen Streitkräfte im Osten und in Italien möglich geworden. Der Krieger im Westen hat entsagungsvoll seinen Leib hingehalten, damit die Kampfbrüder an der Düna und am Isonzo von Sieg zu Sieg eilen konnten. Die furchtbaren Kämpfe auf den blutigen Höhen 304 und 344 und am Vaux-Kreuz sind nicht umsonst gewesen. Eine neue Grundlage für die Kampfführung ist geschaffen."

23.Dezember 17

Der Kaiser über die Verteidigungsschlachten im Westen

Berlin, 23. Dezember.

An die 2. Armee hat der Kaiser am 22. Dezember folgende Ansprache gerichtet:

"Kameraden!"

Das Jahr 1917 neigt sich seinem Ende zu, und da war es mir ein Bedürfnis, wieder einmal die Westfront und ihre heldenhaften Kämpfer zu besuchen.

Ein Ereignis volles Jahr ist es für das deutsche Heer und das deutsche Vaterland gewesen. Gewaltige Schläge sind gefallen, und große Entscheidungen haben Eure Kameraden im Osten herbeiführen können. Es ist aber kein Mann, kein Offizier und kein Führer auf der ganzen Ostfront, wo ich sie auch gesprochen habe, der nicht rückhaltlos erklärte: Wenn unsere Kameraden im Westen nicht standgehalten hätten, könnten wir das hier nicht tun.

Der taktische und strategische Zusammenhang zwischen den Schlachten an der Aisne, in der Champagne, im Artois, in Flandern und bei Cambrai und den Vorgängen im Osten und in Italien ist so klar, dass es sich erübrigt, ein Wort darüber zu verlieren.
Einheitlich geführt, schlägt das deutsche Heer auch einheitlich.
Um diese Offensivschläge führen zu können, musste ein Teil des Heeres in der Defensive verharren, so hart es auch einen deutschen Soldaten ankommt. Eine solche Verteidigungsschlacht, wie sie im Jahre 1917 geführt worden ist, sucht aber ihresgleichen.
Ein Bruchteil des deutschen Heeres hat die schwere Aufgabe auf sich genommen, seinen Kameraden im Osten den Rücken unbedingt zu decken und freizuhalten, und hat das gesamte englische und französische Heer gegen sich gehabt.

Große Vorbereitungszeit, unerhörte Mittel der Technik und Massen an Munition und Geschützen hat der Gegner zusammengetragen, um über Eure Front hinweg den so stolz von ihm verkündeten Einzug in Brüssel halten zu können.

Nichts hat der Feind erreicht.

Das Gewaltigste, das je von einem Heer geleistet worden ist, und was in der Kriegsgeschichte noch nicht dagewesen ist, das hat das deutsche Heer vollbracht. Das ist kein überhebendes Lob, das ist Tatsache, weiter nichts!

Dieses gewaltige Werk haben auch die Truppenteile durchgeführt, deren Abordnungen heute vor mir stehen.

Der Dank, den ich Ihnen ausspreche, gebührt aber nicht allein ihnen, sondern auch denen, die ich hier nicht sehen kann, denen, die im Lazarett liegen, und denen, die der grüne Rasen deckt.
Ich schließe an den Dank des Feldmarschalls Hindenburg, der mich besonders gebeten hat, den Kämpfern im Westen seinen Dank auszusprechen, da er sein Vertrauen auf ihr Durchhalten bestätigt gesehen hat, und es ihm ermöglicht wurde, die großen strategischen Folgen daraus zu ziehen.

Bei jeder neuen Nachricht ist mir immer wieder von Eingeweihten und Uneingeweihten, von jedem Menschen das Wort gesprochen worden: Wie ist es gemacht worden?

Diese Bewunderung soll Euch ein Lohn und zu gleicher Zeit eine Freude sein.

Weder noch so Großes, noch so überwältigendes vermag das, was Ihr geleistet habt, irgendwie in den Schatten zu stellen oder zu übertreffen.
Es hat das Jahr 1917 mit seinen großen Schlachten gezeigt, dass das deutsche Volk einen unbedingt sicheren Verbündeten in dem Herrn der Heerscharen dort oben hat. Auf den kann es sich bombenfest verlassen, ohne ihn wäre es nicht gegangen.

Jeder von Euch musste seine Kräfte bis zum äußersten hergeben, ich weiß, dass jeder einzelne in dem unerhörten Trommelfeuer übermenschliches geleistet hat. Es mag oft ein Gefühl dagewesen sein: Wäre doch noch etwas hinter uns, wäre doch Ablösung da. Sie ist gekommen! Der Schlag im Osten hat dazu geführt, dass dort augenblicklich die Kriegsstürme schweigen, vielleicht, so Gott will, für immer.
Schon gestern habe ich in der Umgebung von Verdun Eure Kameraden gesprochen und gesehen, und da war es wie eine Witterung von Morgenluft, die durch die Gemüter ging.

Ihr habt nicht mehr das Gefühl, allein zu sein.

Auf das ganze Vaterland und bis hinüber zum Feinde wirkt der große Erfolg der Siege der letzten Zeit, der Großkampftage in Flandern und von Cambrai, wo der erste vernichtende Offensivstoß den übermütigen Briten traf, der ihm zeigte, dass noch der alte Offensivgeist in unseren Truppen steckt trotz dreijähriger Kriegsleiden.

Was noch vor uns steht, wissen wir nicht, wie aber in diesen letzten vier Jahren Gottes Hand sichtbar regiert hat, Verrat bestraft und tapferes Ausharren belohnt, das habt Ihr alle gesehen, und daraus können wir die feste Zuversicht schöpfen, dass auch fernerhin der Herr der Heerscharen mit uns ist. Will der Feind den Frieden nicht, dann müssen wir der Welt den Frieden bringen dadurch, dass wir mit eiserner Faust und mit blitzendem Schwerte die Pforten einschlagen bei denen, die den Frieden nicht wollen."

27. Dezember 17

Heeresgruppe Deutscher Kronprinz:
Die Regimenter einer Garde-Division führten nordwestlich von Bezonvaux nach kräftiger Artillerie- und Minenwerfer-Wirkung erfolgreiche Unternehmungen durch.

Am Vormittage drangen Erkundungsabteilungen in die französischen Linien. Am Nachmittage stürmten mehrere Kompanien im Verein mit Flammenwerfern und Teilen eines Sturmbataillons, begleitet von Infanterie - und Schlachtfliegern, in 900 Meter Breite die beiden ersten feindlichen Gräben. Ein Gegenangriff der Franzosen scheiterte unter schweren Verlusten.

Nach Sprengung zahlreicher Unterstände kehrten die Heeresgruppe Deutscher Kronprinz:
In einzelnen Abschnitten in der Champagne und zu beiden Seiten der Maas Kampftätigkeit der Artillerien.
Nordwestlich von Reims und in den Argonnen hatten kleinere Unternehmungen unserer Erkundungsabteilungen Erfolg.

Sturmtruppen mit mehr als 100 Gefangenen und einigen erbeuteten Maschinengewehren befehlsgemäß in ihre Ausgangsstellungen zurück.

29. Dezember 1917

Heeresgruppe Deutscher Kronprinz:
Nördlich von Courtecon drangen Aufklärungsabteilungen in die französischen Linien und brachten einige Gefangene zurück.

13. Januar 1918

Heeresgruppe Deutscher Kronprinz:
An vielen Stellen der Front Artilleriekampf. Stärkere französische Abteilungen, die nördlich von Reims, in der Champagne und nordöstlich von Avocourt zur Erkundung vorstießen, wurden im Nahkampf zurückgeworfen.

Südwestlich von Ornes brachte ein eigenes Unternehmen Gefangene ein.

20. Januar 1918

Heeresgruppe Deutscher Kronprinz:
In einzelnen Abschnitten in der Champagne und zu beiden Seiten der Maas Kampftätigkeit der Artillerien. Nordwestlich von Reims und in den Argonnen hatten kleinere Unternehmungen unserer Erkundungsabteilungen Erfolg.

Weitere Ereignisse und Geschehnisse kann man im deutschen Heeresbericht von 1917/18 nachlesen.

Gestern saßen wir mal wieder im Schützengraben fest. Zahlreiche Granaten-Einschläge ließen uns immer wieder in unsere Höhlen zurückziehen. Dennoch kamen von der Oberen Heeresleitung der Befehl wieder anzugreifen.
Ich glaube von den Herren dort oben hat keiner eine Ahnung wie es hier an dieser Front aussieht.
Uns fliegen die Granaten und Kugeln um die Ohren und wir sollen dort rausgehen und uns abschießen lassen? Ein völlig sinnloses Unterfangen.

Aber: Befehl ist Befehl!

Und als einfacher Soldat hast du zu gehorchen. Bevor es losging, gönnte man uns noch eine kleine Verschnaufpause.
Ich saß zusammengekauert in einer kleinen Nische und dachte an zuhause. An meine Eltern, an meinem Bruder, und natürlich auch darüber was nach diesem Krieg auf uns noch zukommen sollte. Komme ich überhaupt noch zurück? Lebend? Oder vielleicht als Krüppel?

Sollte dies mein Leben sein?

Was erwartet mich daheim?

Gibt es noch unser Heim oder ist es schon zerstört worden?

Kann ich wieder in meinem Beruf zurück?

Oder muss ich wieder von vorne anfangen?

Etwas ganz Neues beginnen?

Viele Gedanken schossen mir in diesem Moment durch den Kopf. Aber meine Gedanken konnte ich nicht weiterführen, denn just in diesem Augenblick kam der Einsatzbefehl.
Über 180 Mann standen an diesem Abschnitt bereit, aus dem Schützengraben zu klettern und einen Sturmangriff zu wagen. Angetrieben von dem Ehrgeiz unseres Kommandanten wurde zum Angriff geblasen. Das Gewehr im Anschlag gingen wir über den Wall des Schützengraben und liefen los. Immer auf die gegnerische Stellung zu. Wir schossen was unsere Gewehre hergaben.

Allerdings wurden die Salben meiner Kameraden immer weniger, da einer nach dem anderen zu Boden sank und dort sein Leben aushauchte. Wir kämpften uns weiter vor. Trupps mit Flammenwerfer machten uns den Weg frei. Einen ersten Schützengraben des Gegners konnten wir erobern.

Wer nicht fliehen konnte wurde durch den Flammenwerfer eliminiert.

Es war grausam!

Das Gegenfeuer wurde stärker. Wir müssen im eroberten Schützengraben bleiben und ausharren. Von den 180 Mann waren am Abend über 90 Mann gefallen und es gab 45 zum Teil schwer verwunderte Kameraden.

Wir, vom ersten Stoßtrupp, saßen nun fest.
Der Munitionsnachschub blieb aus. Aus der Etappe kam nur der knappe Befehl, dass wir aushalten sollen. Nachschub wäre im Anrollen. Zwei Tage hielten wir aus. Wir wurden eingedeckt von Gewehrkugeln. Wir konnten nur gebückt durch den stinkenden Graben laufen.

Unsere kargen Notrationen hatten wir aufgebraucht. Wir waren müde und hungrig.
Was hatten wir hier noch zu erwarten? Den sicheren Tod. Mehr durften wir nicht mehr erwarten. Die Angriffe wurden heftiger. Noch konnten wir dem Druck der Gegenseite standhalten. Aber wie lange noch? Zum Glück hatten wir noch drei funktionstüchtige Flammenwerfer.

Damit konnten wir den Gegner noch in Schach halten.
Von unserer Seite konnten wir keine Unterstützung erwarten.
Wir waren auf uns allein gestellt. Hastig versuchte unser Funker Verbindung mit unseren Kameraden aufzunehmen, aber die meldeten sich nicht.

Was war da los?

Hatten die sich auf eine sichere Stellung zurückgezogen und uns hier alleine gelassen?

Wollte man uns opfern, damit sie einen geordneten Rückzug antreten konnten?

Das wäre ja ungeheuerlich!

Wir überlegten was wir tun konnten. Wir waren gerade mal 40 Mann, die sich noch einigermaßen bewegen konnten. Fünf Kameraden hatten Schussverletzungen, die sie mit Mühe laufen ließen. Unsere Situation wurde langsam immer kritischer.

Der Gegner versuchte eine kleine Offensive, die wir so gerade noch einmal abwehren konnten. Eine zweite oder gar eine dritte Welle wäre unser Untergang gewesen.

„Was sollten wir tun?"

Unser Funker schaffte es nach vielen vergeblichen Versuchen eine Verbindung zur Einheit zu schaffen.

Hier erfuhr er, dass man sich nach "heldenhaften Kampf" auf eine hintere Linie zurückgezogen hatte, um der Truppe eine notwendige Pause zu gönnen. Das wir soweit vorgestoßen sind, konnte man nicht ahnen und daher brach auch wohl der Kontakt zu uns ab. Wir sollten versuchen, die Stellung zu halten, da in ein paar Tagen neuer Nachschub an Waffen und Material da sein werde und man eine neue Offensive plane.

Auf dem Hinweis des Funkers, dass wir nur noch 40 Mann und 5 Verletzte sind, keine Verpflegung und keine Munition mehr haben, bekam er den Befehl, dass man bis zum letzten Mann die Stellung, die man erobert hatte, halten sollte.

Dies dürfte doch nicht so schwierig sein!

Dann brach der Kontakt ab.

Diese Nachricht schlug wie ein gewaltiger Hammerschlag ein. Da will man uns opfern, damit man es sich in der Etappe gut gehen lassen konnte?

Das durfte doch nicht wahr sein.

Zum Glück wurde es Nacht und es wurde still in den Schützengräben auf beiden Seiten. Wir überlegten, was wir tun konnten.

Ein alter Leutnant, der schon seit über 40 Jahren in der Armee seinen Dienst tat, war so empört, das er fast explodiert wäre, hätten ihn nicht fünf Kameraden zum Schweigen gebracht. Nachdem er sich beruhigt hatte, kam zum Glück seine Erfahrung als Soldat wieder durch.

Er lies alle Gewehre und Munition durch zählen. Das was man noch an Munition fand wurde gleichmäßig verteilt. Zwei Mann der Truppe gingen zurück, dort wo die ersten Kameraden gefallen waren und sammelten im Schutze der Dunkelheit Munition auf. Mit zwei schweren Säcken kamen sie zurück. Die Patronen wurden ebenfalls verteilt. Die Flammenwerfer wurden wieder einsatzbereit gemacht.

Für die Verletzten wurden Tragen zusammengebaut.
In einem der Gänge fand man noch Panzerfäuste, Öl und andere brennbare Flüssigkeiten.

Nachdem alles zusammengetragen war gab der Leutnant den Befehl zum Rückzug.
Zwei Mann, die Kenntnisse von Sprengstoff hatten, bekamen den Befehl, eine Explosion vorzubereiten, die ihnen beim Rückzug Zeit bringen sollte.

So wurde der Graben mit den Flüssigkeiten geflutet, die gefundenen Panzerfäuste wurde miteinander mittels einer Lunte verbunden, ebenfalls restliches Material was man noch fand.

Gegen zwei Uhr machten wir uns auf den Rückzug. Mit äußerster Vorsicht eilten wir zurück.
Nach kurzer Zeit hatten wir unseren Schützengraben erreicht. Hier holten wir noch einmal Luft. Hier wurden weitere Munition und Granaten gefunden, die wir sammelten und gleichmäßig im Graben verteilten. Unsere Spezialisten bereiteten alles für eine Sprengung vor.

Jetzt musste eigentlich die erste Detonation erfolgen. Gespannt schauten alle in Richtung des Grabens, den wir vor einiger Zeit verlassen hatten.

Es gab einen lauten Knall, eine Feuerhölle schoss in die Luft, weitere Detonationen erfolgten. Der gesamte Graben stand nun in einem hellen Flammenmeer.
Wir bekamen das Zeichen zum weiteren Rückzug. Mühsam machten wir uns auf den Weg. Am frühen Morgen erreichten wir unsere Stellung. In diesem Moment ging die zweite Sprengung hoch. Sie war, dank mehr Pulver, viel stärker als die erste Detonation.

Der Gegner war irritiert. Wir hatten es geschafft zu unserer Truppe zu gelangen. Sofort wurden wir versorgt.

Alle 45 Mann kamen unbeschädigt zurück.
Auf die Nachfrage nach dem Kommandanten bekamen wir die Antwort:
Er würde in Berlin weilen, um einen weiteren Orden zu erhalten, für seine Tapferkeit an der Front.
Dies stieß besonders bei unserem Leutnant böse auf.

Nach einer kurzen Erholung zog er sich um und machte sich auf den Weg zur oberen Heeresleitung nach Berlin auf.

(Dort klärte er die OHL über die „Heldentaten" des Kommandanten auf)

Wie bereits erzählt wurde das Lager in Bosmont als Basis und Trainingsgelände für die speziellen Einsatztruppen genutzt. Von diesem Lager und der näheren Umgebung geben die nachstehenden Bilder einen kleinen Einblick über diese Zeit.

Da diese bereits über 100 Jahre alt sind, ist die Bildqualität naturgemäß nicht sehr gut, aber man hat versucht diese soweit wieder herzustellen, dass man Details erkennen kann.

Bei den Bildern sind zum Teil Vermerke von meinem Opa vorhanden, um was es sich auf dem Bild handelt.

Jedoch ist das ein oder andere leider nicht mehr lesbar. Dennoch war es mir ein Anliegen, diese Bilder für die Nachwelt zu erhalten. Denn sie geben etwas aus dieser Zeit preis, wie es damals wirklich aussah, dort draußen an der Front im Westen. Oft erzählen die Bilder ihre eignen Geschichten.

Blick auf Bosmont

Das Lager lag etwas außerhalb der Frontlinie und war Ausgangspunkt für die speziellen Fronteinsätze der Batterie 15.

Mühlenteich in Bosmont

Badeanstalt am Teich

Bei diesen Bildern mag man nicht glauben, dass man sich an einem stark, umkämpften Frontabschnitt befand.

Blick auf Laon

Laon befindet sich südlich von Bosmont, auf der Strecke Reims – Verdun.

Blick auf unbekannt

Hier wird ein Blick auf eine Ortschaft gezeigt, wo die Schrift leider nicht mehr lesbar war. Es könnte Ypern sein?

Eine Quelle

Eigentlich eine recht reizvolle Landschaft, die aber so stark unter dem Krieg leiden musste.

Pause vor Trier

Dieses Bild zeigt die Anreise in das Kampfgebiet nach Flandern von einem Teil des Bataillons.

Hier bei einer Pause vor Trier!

Das komplette Sturm-Bataillon

Wie viele sind davon zurück gekommen?

Ihre letzte

Die letzte Parade vor den Einsatz an der Front.

Der 1. Zug des Bataillons

Der 2. Zug des Bataillons

Auf dem Weg zu ihren Stellungen.

Blick auf ein Kampfgebiet.

Die nächsten Bilder zeigen Sturmeinsätze

Zug vor dem Sturm auf Bournonville (zw. Reims und Verdun)

Sturm auf .....?

Hier konnte ich leider nicht den Ort entziffern.

STURM

Bei diesem Bild hat mein Opa nur das eine Wort:

„STURM"

geschrieben!

In Ruhe mit Blume als Andenken

Nach einem Fronteinsatz war man froh ihn a) überlebt zu haben und b) das Geschehe zu verarbeiten und c) dem Körper eine Entspannung zu gönnen, bevor der nächste Einsatz anstand.

In Ruhe

Aber kaum hatte man sich wieder etwas gefangen, da kam schon der nächste Befehl und man bereitete sich für den nächsten Kampfeinsatz vor.

Vorbereitung zum Sturm

Weg in Stellung

Aber da gab es auch die andere Seite des Krieges:

Unsere Gräber

Die gefallenen Kameraden, die im Kampf ihr Leben lassen mussten. Und dies waren doch sehr viele, die den Weg in die Heimat nicht mehr antreten konnten, sondern ihre letzte Ruhestätte in einem Kampfgebiet fanden.

Da konnte man froh sein, wenn man wieder unversehrt zurück von der Front kam.

Hier ein Foto, dass zeigt, wie man mit dem Auto zurück kam. In den Kampf fuhr man noch mit dem Pferdegespann!

Im Auto zurück

Unsere Pferde

Die Pferde waren für den Transport enorm wichtig und hatten einen hohen Stellenwert in der Truppe.

Pferde der Feldküche

Wagenschuppen

In der „guten Stube".

Bagagehengste

Mühlentherme

Ein kleiner Ruhepunkt im Kampfgeschehen.

Natürlich gab es auch hohen Besuch in dem Lager Bosmont.

Besuch einer Abordnung aus Bosmont

Hier kam eine Abordnung aus Bosmont zu Besuch.

Was dort besprochen oder verhandelt wurde blieb leider unbekannt.

Aber ein weitaus bedeutender Besuch kündigte sich an.

„Der Kronprinz besuchte das Lager!"

Der Kronprinz zu Besuch in Bosmont:

Kronprinzenbesuch

Dies war natürlich ein ganz besonderer Besuch.
Ich kann mir die Hektik bildlich vorstellen, wie alle Kampfhandlungen eingestellt wurden, alle Mann im Lager mit dem Herrichten für den hohen Besuch eingespannt wurden und man hier alles Tipp topp aussehen ließ.

Dabei war es ein reiner Truppenbesuch, dennoch wollte jeder glänzen, trotz den enormen Schwierigkeiten, die die Truppe zu dieser Zeit hatte.

Stolz zeigte man seiner Hoheit die neueste Errungenschaft, die in diesem Krieg zum Einsatz kam.

Besichtigung eines Flammenwerfers

Und die Funktion dieser Waffe.

Flammenwerfer in Aktion

Die Grausamkeit dieser Waffe kann sich jeder ausmalen, der einmal eine Feuerhölle erlebt hat.
Viele Soldaten starben dabei einen grausamen Tod. Vor allem diejenigen, die in den Gräben gefangen waren und diese nicht mehr verlassen konnten.

Wenn sie nicht sofort verbrannten, so waren die Brandverletzungen oft so schwerwiegend, dass sie unweigerlich zum Tode führen mussten.

Viele trugen auch ihre Brandwunden in ihrem weiteren Leben mit und wurden so immer wieder an das Grauen in den Schützengräben erinnert.

„Wunden können heilen – aber die Seele nicht!"

Der Schrecken des Krieges bleibt.

Hier zitiere ich noch einmal einen kleinen Auszug aus den amtlichen Kriegs-Depeschen nach den Berichten des Wolffschen-Telegr.-Bureaus, Band 7 von dem Geschehen an der West-Front in Flandern, vom 6. Februar bis zum 15. Februar:

Großes Hauptquartier, 6. Februar
Westlicher Kriegsschauplatz
Heeresgruppe Kronprinz Rupprecht

In einzelnen Abschnitten der flandrischen Front, in der Gegend von Armentières und am La Bassèe-Kanal war die Artillerietätigkeit am Nachmittage gesteigert. Bei Lens lebhafter Minenkampf.
An der Scampe und westlich von Cambrai nahm das Artilleriefeuer gegen Abend zu.

Heeresgruppe Deutscher Kronprinz:

Erkundungsvorstöße des Feindes in den Argonnen und östlich von Avocourt wurden abgewiesen.

7. Februar 1918

Ein französischer Vorstoß in der Champagne scheitert.

Im Maas-Gebiet hielt die Artillerietätigkeit im Anschluss an eine südwestlich von Ornes erfolgreich durchgeführte Erkundung tagsüber an.

8. Februar 1918

Auf dem östlichen Maas-Ufer bei Bezonvaux und südwestlich von Ornes brachte unsere Infanterie von Erkundungen eine Anzahl Gefangener ein. Tagsüber blieb die Artillerie in diesen Abschnitten tätig.

10. Februar 1918

Im Maas-Gebiet beiderseits der Mosel und in einzelnen Abschnitten nordöstlich und östlich von Nancy erhöhte Tätigkeit des Feindes.
Französische Erkundungsabteilungen drangen in der Selle-Niederung vorübergehend ein, in der Gegend westlich von Blarmont wurden sie vor unseren Hindernissen abgewiesen.

Am gleichen Tag hielt der Kaiser eine Rede über die Erzwingung des Friedens.

Bei einer Huldigung, die aus Anlass des Friedensabschlusses mit der Ukraine, die Homburger dem Kaiser darbrachten, erwiderte Seine Majestät auf die Ansprache des Bürgermeisters, wie folgt:

„Es hat unser Herrgott entschieden mit unserem deutschen Volke noch etwas vor, deswegen hat er es in die Schule genommen, und ein jeder ernsthaft und klar Denkende unter Euch wird Mir zugeben, dass es notwendig war. Wir gingen oft falsche Wege. Der Herr hat uns durch diese harte Schule darauf hingewiesen, wo wir hin sollen. Zu gleicher Zeit ist die Welt aber nicht auf dem richtigen Wege gewesen, und wer die Geschichte verfolgt hat, kann beobachten, wie es unser Herrgott mit einem Volke nach dem anderen versucht hat, die Welt auf den richtigen Weg zu bringen. Den Völkern ist es nicht gelungen. Das Römische Reich ist versunken, das fränkische zerfallen und das alte deutsche Reich auch. Nun hat er uns Aufgaben gestellt. Wir Deutschen, die wir noch Ideale haben, sollen für die Herbeiführung besserer Zeiten wirken, wir sollen kämpfen für Recht, Treue und Sittlichkeit. Unser Herrgott will den Frieden haben, aber einen solchen in dem sich die Welt anstrengt, das Rechte und das Gute zu tun.

Wir sollen der Welt den Frieden bringen, wir werden es tun auf jede Art.

Gestern ist es im Gütlichen gelungen. Der Feind, der von unseren Heeren geschlagen, einsieht, dass es nichts mehr nützt zu fechten, und der uns die Hand entgegenhält, der erhält unsere Hand. Wir schlagen ein. Aber der, welcher den Frieden nicht annehmen will, sondern im Gegenteil seines eigenen und unseres Volkes Blut vergießend, den Frieden nicht haben will, der muss dazu gezwungen werden. Das ist jetzt unsere Aufgabe, dafür müssen jetzt alle wirken, Männer und Frauen. Mit den Nachbarvölkern wollen wir in Freundschaft leben, aber vorher muss der Sieg der deutschen Waffen anerkannt werden. Unsere Truppen werden ihn weiter unter unserem großen Hindenburg erfechten. Dann wird Frieden kommen. Ein Frieden, wie er notwendig ist für eine starke Zukunft des Deutschen Reiches, und der den Gang der Weltgeschichte beeinflussen wird. (Bravo und Hurra!) Dazu müssen uns die gewaltigen Mächte des Himmels beistehen, dazu muss ein jeder von Euch, vom „Schulkinde" bis zum Greis hinauf, immer nur den einen Gedanken leben: Sieg und ein deutscher Frieden. Das deutsche Vaterland soll leben, Hurra!!"

Wie diese Rede bei den Soldaten an der Front angekommen ist? Man kann es nur vermuten!

12. Februar 1918

An vielen Stellen der in Flandern Artillerietätigkeit. Infanterie-Abteilungen führen südlich von St. Quentin und auf dem östlichen Maas-Ufer am Caurierès-Walde erfolgreiche Erkundungen durch und machten dabei Gefangene.

13. Februar 1918

Stärkere Erkundungsabteilungen, die der Feind nördlich von Lens und nördlich von Omignonbach ansetzte, wurden im Nahkampf abgewiesen.

14. Februar 1918

Engländer und Franzosen setzten an vielen Stellen der Front ihre Erkundungen fort. Nördlich von Lens und in der Champagne kam es dabei zu heftigen Kämpfen. In einem vorspringenden Teil unserer Stellung südöstlich von Tahure haben sich die Franzosen festgesetzt.

Eigene Infanterie brachte in Flandern und auf den Maas-Höhen Gefangene ein.

15. Februar 1918

Nordwestlich und östlich von Reims rege Erkundungstätigkeiten des Feindes. In der Gegend von Prunay und südwestlich von Tahure entwickelten sich lebhafte Artilleriekämpfe.

Aber damit war das Kriegsende noch nicht erreicht. Viele Soldaten verloren in diesen Schlachten ihr Leben.
Dabei sehnten alle ein Ende des Krieges herbei.

Vor allem das massenhafte Sterben, an der Front und in der Heimat, war die Grunderfahrung für viele im ersten Weltkrieg. Dazu kamen die wachsende sozialer Not ab dem Jahr 1916, die im Volk zu einer allgemeinen, tiefen Kriegsmüdigkeit führten, ebenso das lange Andauern der Kämpfe, ohne Aussicht auf Erfolg. Ein Lichtblick war der vorteilhafte Friedensabschluss, am 3. März 1918, mit Russland.

An der Westfront veränderte sich die Lage dramatisch mit dem Kriegseintritt im April 1917 durch die Amerikaner.

Campagne Febr. 1918

Ein vermutlich letztes Bild von seiner Einheit.

Im Sommer, nach dem Scheitern von Großoffensiven war die Kampfkraft der deutschen Armee vollends erschöpft.
Sie hielt noch ihre Stellungen gegen überlegende Gegner, aber an einem Sieg war nicht zu denken.

Daher forderte am 29. September 1918 das OHL (Oberste Heeresleitung) in der militärisch ausweglosen Lage die politische Führung auf, über einen Waffenstillstand zu verhandeln, der dann am 11. November 1918 unterzeichnet wurde.

Damit wurde auch das Ende des Kaiserreiches eingeläutet.

Die ersten Tage nach dem Krieg

Sicherlich war es schwierig nach dem verlorenen Krieg wieder nach Hause zu kommen, um festzustellen, dass sich vieles verändert hatte. Nichts war mehr wie vorher.
Einige Verwandte und Bekannte kamen aus dem Krieg nicht mehr zurück. Sie waren irgendwo in der Fremde gefallen. Die Familie, meist mit kleinen Kindern, versuchte irgendwie über die Runde zu kommen. Es mangelte an allem. Die Landwirtschaft konnte die erforderlichen Mengen nicht liefern, viele kleine Betriebe standen vor dem Aus, da der Inhaber oder auch seine Mitarbeiter nicht mehr aus dem Krieg zurückkamen. Es war keiner mehr da, der den Betrieb hätte weiterführen können.

Die Frauen versuchten sich mit Näharbeiten über Wasser zu halten. Einmal in der Woche standen sogenannte "Einkaufsfahrten" auf`s Land an. Hier wurden Sachen gegen Gemüse getauscht. Manche Bauern verdienten hier mehr, als mit dem Verkauf ihrer Waren.

So stand auch mein Opa plötzlich vor seinem Heim und fand manches als befremdlich.

Von den Männern waren zahlreiche noch nicht wieder zurückgekehrt aus dem Krieg. Manche wurden vermisst.
Jeder versuchte so gut es ging über die Runden zu kommen. Den Wildhandel, den der Großvater aufgebaut hatte, gab es nicht mehr. Sein Vater war schwer krank und nicht mehr arbeitsfähig. Der Hunger war ständiger Gast in der Küche. Selbst das Heizmaterial war knapp. Oft blieb die Küche kalt. Ein Brot musste für alle reichen.
Als mein Opa durch sein Heim ging musste er feststellen, dass viele Sachen nicht mehr da waren. Die Familie hatte sie weggeben müssen, um diese auf ihren Einkaufstouren auf dem Lande gegen etwas Gemüse und Obst einzutauschen. Viel war nicht mehr übrig geblieben. Mein Opa wurde von der Familie herzlich empfangen. Schlecht sah er aus. Abgemagert und ausgelaugt. Müde und mit Erlebnissen an der Front behaftet, war er froh, wieder daheim zu sein.
Nach einem kargen Mahl ging er hinauf auf sein Zimmer.

Als er die Tür öffnete, fiel sein Blick auf seine geliebte Geige. Sie hatte alle Turbulenzen überstanden. Ehrfürchtig setzte er sich auf einen Stuhl, nahm den Geigenkasten, öffnete ihn bedächtig, nahm seine Geige heraus und schaute sie eine Weile lang ganz still an.

Still dachte er bei sich: "Wie lange habe ich auf dir nicht spielen können?" Ganz sanft schlug er die ersten Töne an. Sie klang etwas verstimmt - aber sie ließ sich noch spielen. Wehmut beschlich meinen Opa nachdem er sie gestimmt hatte, als er ihr die ersten Töne entlockte. Sie klangen traurig, als wenn er an seine Kameraden dachte, die jetzt nicht das Glück hatten nach Hause zu kommen, sondern irgendwo auf den Schlachtfeldern in fernen Ländern gefallen waren.
Die nächsten Tagen vergingen wie im Fluge. Er versuchte zu neuen Kräften zu kommen und überlegte wie sein Weg jetzt aussehen könnte. Den Handel seines Großvaters gab es nicht mehr.

Da stellte sich für ihn die Frage:

"Was soll jetzt aus dir werden?"

Vier sinnlose Jahre hast du jetzt verloren, hast schreckliches an der Front erlebt. Du hast zwar überlebt, aber wie soll es nun weitergehen? Welche Möglichkeiten gibt es für dich? Gleichzeitig bist du auch in einem Alter, wo man gerne eine Familie gründen möchte. Aber wenn man sich die Lage so anschaut, dann hat man das Gefühl, dass alles keinen Sinn macht. Zuviel ist zerstört worden.

Zuviel hat man verloren. Zuviel an seinen Träumen hat man verloren.

Abends saß er auf seinem Zimmer und spielte auf seiner Geige. Traurig waren seine Lieder im Gegensatz zu früher, wo fröhliche Weisen den Abend ausklingen ließen. Wo die Freude zu Hause war.

Aber jetzt?

Es war schwer die leidvollen Augenblicke die man an der Front erlebte, zu vergessen. Immer wieder kamen die schrecklichen Bildern zum Vorschein. Nachts wachte er schweißgebadet auf, als wenn er einen Alarm hörte, der ihn aus dem Schlaf riss.

Es fiel ihm schwer zu glauben, dass der Krieg nun endlich vorbei war. Er hatte das Gefühl, dass der Kampf jetzt erst richtig los ging.

In diesen Augenblicken dachte er zurück an seine Kameraden, mit denen er am Morgen noch scherzte und am Abend waren sie tot – gefallen.

Auch sah er seine Kameraden, die verwundert aus der Schlacht kamen und mit dem Tode kämpfte.

Am anderen Morgen gab es nur die kurze Meldung an die Obere Heeresleitung, dass so und so viele den heldenhaften Tod für das Vaterland erlitten hatten.

Aber sie waren nur Zahlen. Zahlen in einem Spiel, dass sie nicht gewollt hatten.

Genauso wie er an seine Kameraden dachte, so dachte er auch an die Soldaten auf der anderen Seite, die das gleiche Schicksal hatten und genauso viel durch machen mussten, wie sie.

Auch sie hatten Familien und Kinder. Auch sie verloren den Ehemann und Vater. Auch sie standen vor vielen Problemen. Aber er stellte sich dann auch die Frage:

"Wofür war dieser Krieg eigentlich notwendig?"

"Musste dieser überhaupt sein?"

"Oder war man nur darauf aus, einen Vorteil in einem schnellen Krieg zu ziehen, um sein Land größer und reicher zu machen?"

"Aber was hatte er überhaupt gebracht?"

Eine Frage, die keiner sinnvoll beantworten kann!

Aber eines hat er doch gebracht:

17 Millionen Tote, Hunger, Zerstörung, Verzweiflung und Trostlosigkeit.

Aber keiner hat aus diesen Geschehnissen etwas gelernt!

Die Politische Lage

Nach der Abdankung von Kaiser Wilhelm II am 9. November 1918 wurde noch am selben Tag eine Republik ausgerufen und die Regierungsgewalt auf den sozialdemokratischen Reichskanzler Friedrich Ebert übertragen.

Die neue Regierung wollte schnell Wahlen zur Weimarer Nationalversammlung veranlassen, aber dies war schon sehr mit Konflikten behaftet. 1919 trat die liberale Weimarer Verfassung in Kraft, dennoch beruhigte sich die Lage nicht.
Im Juni des Jahres 1919 wurde der Friedensvertrag von Versailles unterzeichnet. Zahlreiche Kräfte, besonders die von rechts waren von vornherein gegen den neuen Staat gestellt. Auch die Linken griffen den Staat an. So blieb die politische Lage recht spannungsgeladen.

1923 entspannte sich die Lage, vor allem nach dem Schock der Hyperinflation, kurzfristig. Die ökonomische Lage verbesserte sich langsam. Auch politisch kehrte etwas Ruhe ein.

Man nannte diese Zeit auch die “Goldenen Zwanziger”.

Mit der Weltwirtschaftskrise in Jahre 1929 endete diese kurze Erholungsphase und führte zu einer politisch angespannten Lage.

Wirtschaftliche und soziale Probleme, besonders die hohe Arbeitslosigkeit, begünstigten in den folgenden Jahren das Aufkommen republikfeindlicher und nationalsozialistischer Kräfte.
Von 1930 bis 1933 waren die drei letzten Reichsregierungen so genannte Präsidialkabinette.
Diese Minderheitsregierungen waren von der Duldung durch die Parteien abhängig die nicht zur Regierungskoalition gehörten. Die Jahre wurden mit Hilfe von Notverordnungen anstelle von Gesetzen regiert, dadurch wurde die Demokratie immer weiter ausgehöhlt.
1933 wurde die NSDAP zusammen mit Franz von Papen an der Regierung beteiligt und Hitler zum Reichskanzler ernannt. Mit dem Ermächtigungsgesetz war der Weg in die Diktatur vorgezeichnet.

Seine republikfeindlichen, antisemitischen und völkischen Reden begeisterten Millionen Menschen.

Deutschland war zu dieser Zeit nicht regierungsfähig.

Mit der Ernennung Hitlers zum Reichskanzler durch Hindenburg fand die Weimarer Republik ein bitteres Ende.

Aber die "Goldenen Zwanziger" spalteten die Gesellschaft. Auf der einen Seite litten die Arbeiterfamilien unter dem Elend der wirtschaftlichen Not. Dem gegenüber stand eine Kunst- und Kulturszene mit einem avantgardistischen Lebensstil mit einer kaum bis dato gekannten Intensität. Der Freizeit- und Vergnügungsbereich wuchsen immer stärker an.
Ebenso die Technikbegeisterung in der Kommunikation und der Motorisierung. Mit dem Auto oder dem Motorrad unterwegs zu sein, bedeutete Unabhängigkeit und Flexibilität.

Aber auch der Alltag für die Massen veränderte sich. Kinos erlebten einen Boom. Opernhäuser und Theater wurden gerne besucht.

Dann traten die Rundfunkgeräte ihren Vormarsch an. Sportveranstaltungen und Konzerte konnten durch Übertragungen einem großen Publikum vermittelt werden.

Aber die Jahre wurden schwerer und 1931 gab es bereits 5 Millionen Arbeitslose.

Die verlorene Generation, also die Jugendlichen die einschneidende Erfahrungen in den Schützenkriegen des ersten Weltkrieges sammelten oder ohne Väter aufwachsen mussten, mussten ab 1929 die bittere Erfahrung machen, dass sie auf einem überfüllten Arbeitsmarkt keinen Fuß fassen konnten. Dies führte zu einer Resignation und Verzweiflung. Viele sahen nun in Hitler die letzte Hoffnung.

Völlig ernüchtert kehrte mein Opa aus dem Krieg zurück. Die Ereignisse der zahlreichen Schlachten in Flandern, das Leben in den Schützengräben, den täglichen Tod vor den Augen, das Elend der Verwunderten vor Augen, das Ableben seiner Kameraden und das Töten des Gegners haben tiefe Spuren im seinem Seelenleben hinterlassen.

Nun kam man zurück und alles lag in Scherben. Nach einer kurzen Zeit der Besinnung und der Verarbeitung der Geschehnissen musste das Leben wieder weitergehen, denn der Körper verlangte nach den täglichen Mahlzeiten.

Also wurden die Ärmel aufgekrempelt.

Sein alter Betrieb, wo er als Bohrer arbeitete, gab es nicht mehr. Also musste er sich beruflich neu orientieren.
Ein Onkel von ihm hatte sich vor dem Krieg mit einem Isolations - Betrieb selbstständig gemacht, der nun jetzt brach lag.

Mein Opa sattelte um, lernte den Beruf des Isolierers und begann mit seinem Onkel den brachliegende Betrieb, mit dem man vor dem Krieg so hoffnungsvoll gestartet war, wieder auf Vordermann zu bringen. Mit den ersten Aufträgen konnte das kärgliche Leben gesichert werden.
Auch wenn man oft gegen Naturalien arbeiten musste. Mit der Zeit wurden die Aufträge mehr und die Lage besserte sich und man hatte das Gefühl, dass bessere Zeiten kommen würden.

Anfang der Zwanziger Jahre traf mein Opa seine spätere Frau, die er am 30.12.1922 vor den Traualtar führte. Im November 1923 kam die erste Tochter zur Welt. Das Geschäft blühte auf und die Arbeit machte wieder Freude.

In seiner Freizeit spielte er am Wochenende mit seinem Schwager zusammen auf seiner Geige auf. Es war eine unbeschwerte Zeit. Seine Tochter wuchs in behüteten Verhältnissen auf. Die Aufträge häuften sich und man war mit der jetzigen Situation zufrieden.

Jedoch zogen zum Ende des Jahrzehnt die ersten dunklen Wolken auf. Erste Arbeitskämpfe waren die Folgen. Die Weltwirtschaftskrise tat das übrige.

Der einfache Arbeiter wurde zum Spielball der großen Unternehmen.

Welche Parallelen zu unserer heutigen Zeit?

Man kann auch sagen, dass sich die Geschichte immer wiederholt, deshalb wäre man gut beraten, in der Geschichte nachzulesen.
Denn leider werden nur zu oft immer die gleichen Fehler gemacht, die dann in irgendwelche Katastrophen führten. Aber noch lebte man jetzt im Hier und Heute.
Die Tage gingen ins Land, die Lebensfreude erfasste alle und man war froh, dass es wieder bergauf ging.
Wer wollte da an die schlechten Zeiten denken, die man gerade hinter sich gelassen hatte. So lebte man unbeschwert in den Tag hinein, als gebe es keinen Morgen.
Mein Opa hatte sich mittlerweile wieder nach oben gearbeitet und man konnte ein neues Heim beziehen mit einem kleinen Garten dabei. Hier konnte seine Tochter unbeschwert leben und spielen.
Oft spielten auch die Nachbarskinder dort, da es noch nicht überall einen Kindergarten gab. Auch ein Motorrad nannte man sein eigen, was zu dieser Zeit schon etwas besonderes war.

Am Wochenende kam die Familie zusammen, um zu feiern oder aber nur gesellig zusammen zu sein.

Oft spielte mein Opa auf seiner Geige zum Tanz auf.
Meine Mutter, also seine Tochter, erzählte mir einmal, dass sie hier eine unbeschwerte Kindheit zu Hause verbringen konnte.

Allerdings bestand ihr Vater, den sie sehr geliebt hatte, auf Fleiß und Redlichkeit. Tugenden die sich im späteren Leben einmal auszahlten. Weiterhin legte er Wert auf Ordnung und Gerechtigkeit.
Unrecht konnte er nicht ertragen, dagegen ging er vor. Nach der Weltwirtschaftskrise wurde die Lage bedrohlicher. Durch die hohe Arbeitslosigkeit wurden die Aufträge für sein kleines Unternehmen spärlicher. Auch die politische Lage spitzte sich zu. Die Weimarer Republik stand vor dem Ende und es stand ein Machtwechsel an.
Seine Meinung jetzt öffentlich kundzutun wurde zum Risiko.

Nach einer kurzen Zeit der Hoffnungslosigkeit konnte man glauben, dass es wieder bergauf ging und Zahlen der Arbeitslosen ging merklich zurück. Eine gewisse Normalität traf ein.

Jedoch gaben einige Vorfälle Anlass zur Sorge. Die Tochter wurde älter und meisterte die Schule mit Bravour und machte anschließend eine Ausbildung zur Roten-Kreuz-Schwester.

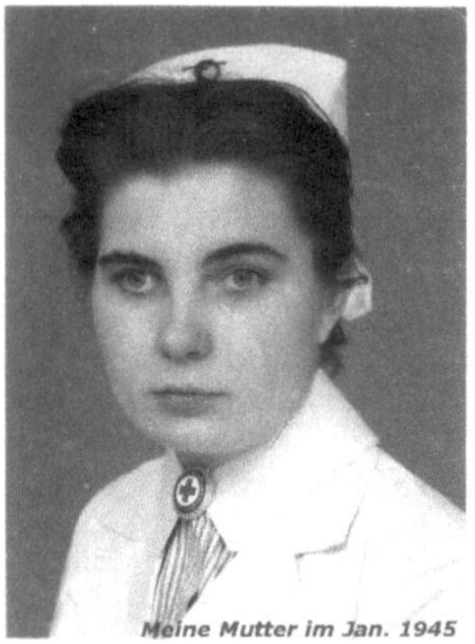
Meine Mutter im Jan. 1945

Meine Mutter als Rot-Kreuz-Schwester im Januar 1945

In der Zeit zwischen 1920 und 1924

Wenn ich heute mit einem gewissen Abstand auf diese Zeiten schaue und sie mit den Erzählungen meiner Mutter vergleiche, die in dieser Zeit ein Kind war, so fällt mit auf, dass man diese Zeit zunächst als Aufbruch verstanden hatte, später jedoch diese als große Belastung verstand.

Wieso dies?

Um eines vor weg zu nehmen ist die Aussage von dem Marschall der Franzosen, Ferdinand Foch, der den Friedensvertrag von Versailles wie folgt kommentierte:

Ich zitiere:

„Dies ist kein Frieden!"

„Das ist ein zwanzigjähriger Waffenstillstand!"

Die Geschichte hat es gezeigt, dass er mit seiner Aussage recht behalten sollte. Aber weshalb sollte er Recht behalten?

Dabei gab es damals die große Chance Europa dauerhaft zu einigen, aber Nationalisten und jene Isolationisten führten dort die Feder. Der Krieg hatte in Europa enorme Veränderungen in den Grenzlinien bewirkt. Dadurch wurden zahlreiche Lebensräume zerstört, Sprach- und Kulturräume zerschnitten.
Einige wenige, die mit am Verhandlungstisch saßen, sahen die Chance jetzt und hier, sich große Gebiete anzueignen. Länder, Gebiete, Regionen wurden regelrecht aufgeteilt, ohne darauf Rücksicht zu nehmen, welche Kulturräume da zerschnitten werden.

Damit legte man schon die Lunte ans Pulverfass!

Die Karten von Europa mussten neu aufgelegt werden.

Ja, es wurde sogar so schlimm, dass ganze Völker plötzlich zu Minderheiten in ihrer angestammten Heimat wurden.
Ein gefährliches Pulverfass welches man hier legte, aus reiner Gier nach mehr Land und Ausdehnung der eigenen Grenzen.

Ein weiteres gefährliches Ansinnen waren die hohen Reparationszahlungen, die die Völker aufbringen mussten, allen voran Deutschland, was das Land politisch und gesellschaftlich enorm destabilisiert hatte. Eine Auswirkung dieser Zahlungen war eine entstehende Mangelversorgung der Bevölkerung, sowie das Aufkommen einer Hyperinflation trugen zum maßgeblichen Aufstieg von A. Hitler bei.

Was jedoch schlimmer war, dass die „Großen Vier" (USA, GB, Frankreich und Italien) ihrer globalen Verantwortung zu keiner Zeit gerecht wurden, sondern nur daran dachten, ihren eigenen Vorteil zu vergrößern.

Der Krieg ging in den Köpfen der Machthaber weiter und so wurde die Chance auf einem dauerhaften Frieden vertan und man legte hier schon die Lunte, die später zum zweiten Weltkrieg führte.

Wie ging es mit meinem Opa weiter?

Vor dem Krieg hatte er den Beruf des Bohrers ausgeführt. Nach dem Krieg musste er sich neu aufstellen und lernte noch einmal neu und zwar den Beruf des Isolierers und arbeitete bei seinem Onkel oder mit ihm zusammen im eigenen Betrieb.
Einen Arbeitstag aus seinem Leben erzähle ich gleich im Anschluss dieser Zeilen.
Silvester 1922 führte er seine Frau Adele, die damals 19 Jahre alt war, auf das Standesamt. Im November 1923 kam seine erste Tochter Johanna, meine Mutter, auf die Welt. Damit schien das Familienglück perfekt zu sein. Es folgten die sogenannten „Goldenen Zwanziger".

Was sollte man darunter verstehen?

Deutschland war gespalten, ein Großteil der Bevölkerung begrüßte den Fortschritt, die neuen, schnellen Möglichkeiten von A nach B zu kommen. Sei es mit dem Automobil, der Bahn, dem Schiff oder gar mit dem Flugzeug. Aber auch die Arbeitswelt veränderte sich rasant, so manch einer kam da nicht mehr mit und blieb auf der Strecke, während andere sich ein Leben in Luxus leisten konnten.

Dies führte unweigerlich zu großen Spannungen innerhalb der Gesellschaft.

Stehen wir heute nicht vor den gleichen, ganz ähnlichen Problemen?

Ein Beispiel:

Die Digitalisierung oder die vielen Veränderungen in unserer heutigen Arbeitswelt.

Wie sieht es heute bei uns aus?

Damals waren und wurden die Spannungen immer stärker und mein Opa schloss sich der F.A.U.D an, um das Los der Arbeiter zu verbessern.

Die F.A.U.D, wer war das?

Wo und wie wirkte sie?

F.A.U.D. =

Freie Arbeiter Union Deutschland

Der Anarchosyndikalimus entstand bereits unter Bismark z. Zt. der Sozialistengesetze und stellten sich in zwei Richtungen auf, einmal unter „die jungen d. Sozialdemokratie und die gewerkschaftliche Initiative d. Lokallisten 3.
Beide Strömungen standen der SPD sehr nahe, dennoch kam es 1887 zum Parteiausschluss der gesamten Gruppe. Grund: Man wollte auf lokaler Ebene mehr Einfluss haben, als die Abhängigkeit vom dezentralen Funktionsarten.

Auch die heutigen Zentralgewerkschaften des DGB sind bis heute von der SPD politisch abhängig.

Am 15.09.1919 wurde der Name FAUD /AS zum ersten Mal erwähnt. Gemeinsam mit den freien Gewerkschaften hatten sie ca. 120.000 Mitglieder. Der Höchststand erreichte man in den Jahren 1922/1923 mit 150.000 Mitglieder. In den nachfolgenden Jahren schrumpften die Zahlen allerdings wieder gewaltig nach unten. 1932 gab es nur noch 4300 Mitglieder.

Die eigentliche Stärke der F.A.U.D lag darin, dass sie sich nicht nur als klassenkämpferische Gewerkschaft sah, sondern auch als Kulturorganisation, so wurden zum Beispiel Siedlungsexperimente, Genossenschaftsprojekte, Frauenbünde, freie Kinderbünde, freie Kinderschulen und die Gilde freiheitlicher Bücherfreude, die Romane, Texte und Lesungen vortrugen, gefördert.

In Düsseldorf gab es drei Gruppen. Die zweite Gruppe in Düsseldorf-Derendorf bestand aus Friedrich (Fritz) Trobitz, Gustav Häusler, Hermann Ingenhoven, Heinrich Evertz und Bernhard Schmithals. Die drei Düsseldorfer Gruppen hielten sich bis zum Februar 1937.

Danach wurden zahlreiche Mitglieder verhaftet.

Man wollte sich einsetzen, dass der Arbeiter nicht von den großen Firmen ausgepresst werden, um ihre eigenen Zahlen zu erreichen und damit ihr Geldvermögen zu Lasten der Arbeiter zu steigern.

Haben wir heute nicht ähnliche Parallelen?

Gewinnmaximierung der Unternehmen bis zum letzten Cent! Da wird an Material und Qualität gespart, der Arbeiter steht vor der Wahl – arbeiten oder auf der Straße stehen.

So wie es heute aussieht, sind wir nicht mehr weit von den unruhigen Zeiten von damals entfernt.

Die FAUD stand aber auch für andere Ziele. So wurden zu dieser Zeit auch sehr fortschrittliche Themen wie die Geschlechterfrage, die Sexualaufklärung, der Mutterschutz und die Jugend zu einem Gesprächsthema.

Weitere Bereiche waren die gesellschaftliche Entwicklung, die ökonomische Kraft im Industriesektor, Siedlung und Landwirtschaft, die Erwerbslosen-Politik, das Presse- und Verlagswesen und die Frage nach Brutto- und Nettolöhnen.

Diese Fragen sind auch heute wieder aktuell.

Aber das Ende der F.A.U.D stand bereits 1933 schon fest. Dabei hatte mein Opa mit seiner Meinung gar nicht so Unrecht, als er mahnte, dass sich jede Gruppierung die zentralistisch verwaltet wird, sich im Grunde selbst zerstört.
Jedoch kommt es hier besonders darauf an, welche Persönlichkeiten diese Gruppierung führt. Sie steht und fällt mit seinen Fähigkeiten. Durch eine vielfältige und flexible Gruppierung kann man besser auf die örtlichen Problemen zugehen, als eine Führung die fernab des Geschehen die Geschicke leiten soll. Vielleicht ist dieser Gedanke gar nicht so schlecht, von einer dezentralen Führung zu einer örtlichen Leitung zu kommen. Aber ich glaube es ist ein generelles Problem der Deutschen, dass sie eine zentrale Stelle brauchen, die ihnen die Richtung vorgibt und sie „leitet“.

Die Geschichte lehrt uns dies ja sehr anschaulich.
Nach dem Börsencrash von 1929 stieg die Zahl der Arbeitslosen auf über sechs Millionen!

Ab 1933 begann man die Mitglieder und deren Leiter der F.A.U.D zu verfolgen.

Mein Opa war Leiter einer Sektion in Derendorf und hielt die Gruppe bis 1937 mit den Herren Robert Albrecht, Anton Rosinke zusammen. Meine Mutter, die in dieser Zeit zur einer Jugendlichen heran reifte, erzählte mir in einem Gespräch über ihren Vater, wie er von der Gestapo oft verhaftet und vorgeladen wurde. Aber jedes Mal kam ihr Vater wieder zurück, was sie mit einer großen Erleichterung aufnahm. Nicht jeder aus der Gruppe hatte dieses Glück. Manch einer verlor dabei sein Leben. Meine Mutter sagte einst zu mir:

Ich glaube mein Vater, also dein Opa, hatte die gute Gabe zu reden und so immer wieder glimpflich aus den Fängen der Gestapo zu entkommen.

Nicht umsonst hielt er seine Tochter dazu an, immer zu lernen und sich dem Neuen nicht zu verschließen.

Denn eins, so gab er ihr weiter, bedeutet Wissen Macht und dieses Gut kann man dir nie nehmen. Alles andere schon, sogar dein Leben, deine Ehre, dein Hab und Gut.

Nur der immerzu lernt, kommt weiter!

Ein Arbeitstag

Wir schreiben das Jahr 1924. Es ist Herbst. Noch sind die Tage angenehm warm, aber der Winter kündigt sich in den Nächten schon an. Daher gab es für den selbstständigen Isolierer einiges an Arbeit zu tun.
Der Tag beginnt um sechs Uhr. Der Wecker schrillt und mein Opa steht auf und macht sich für den Tag fertig. Währenddessen macht seine junge Frau das Frühstück. Es ist 6.30 Uhr. Gemeinsam nehmen sie das morgendliche Frühstück ein und reden über den Tagesablauf. Es steht eine Menge Arbeit an. Dies wird wieder ein sehr langer Arbeitstag.
Um 7.00 Uhr geht es mit dem Fahrrad zum Betrieb, der um die Ecke, keine 400 m vom Heim entfernt liegt. Dort werden die benötigten Materialien für die erste Baustelle auf den Fahrradanhänger geladen und dann geht es zur Baustelle, die in einer Entfernung von 4 km liegt. Zum Glück ist die Strecke ebenerdig, denn der Hänger ist schwer beladen.
Gegen 8.30 Uhr kommt man auf der Baustelle an.

Auf dieser Baustelle sind zahlreiche Leitungen zu isolieren, damit die Kälte im Winter keinen Schaden anrichten kann.
Es ist ein Bauernhof.

Mein Opa macht sich sofort an die Arbeit. Ohne Pause wird zügig gearbeitet. Noch sind die Temperaturen angenehm. Aber es soll heute noch einmal einen heißen Tag geben. Da läuten die Glocken von einem Kirchturm her. Es ist Mittag. Eine kleine Pause wird eingelegt. Das mitgebrachte Essen im Henkeltopf ist schnell eingenommen und die Hitze nimmt zu. Man spürt die Fäden der Steinwolle auf der Haut. Es juckt überall.

Aber es muss weitergehen.

Gegen 14.00 h sind die Arbeiten abgeschlossen und mein Opa stellt die Rechnung für die Arbeiten aus. Der Bauer möchte ihn mit Naturalien bezahlen. Mein Opa stimmt dem zu. So werden auf den Fahrradhänger Gemüse, Kartoffeln, Obst und Speck geladen.

Dann ging es zurück zum Betrieb.

Schnell wurde der Hänger entladen und neue Materialien für die zweite Baustelle gepackt. Gegen 15.30 Uhr war man auf der zweiten Baustelle angekommen. Man legte sofort los. Bis gegen 19.30 Uhr wurde konzentriert gearbeitet. Damit war der 1. Teil der Arbeiten fertig.

Morgen geht es weiter.

Gegen 20.30 Uhr war man wieder im Betrieb angekommen. Sofort wurden die notwendigen Materialien für den morgigen Tag gepackt, damit es morgen zeitig hinausgehen kann. Denn die Restarbeiten nahmen noch einen ganzen Tag in Anspruch.
Es wurde mal wieder spät. Erst gegen 21.30 Uhr war mein Opa wieder zuhause. Kurz unter die kalte Dusche gestellt und dann stand auch schon sein Abendessen, dass seine Frau ihm zubereitet hatte, auf dem Tisch. Gemeinsam sprach man über die Erlebnisse des Tages.

Gegen 22.30 Uhr ging ein arbeitsreicher Tag zu Ende.

Manchmal hatte man keine Aufträge und dann war "Klinkenputzen" angesagt.

Oder man hatte viele kleine Aufträge, wo man manchmal nur ein oder zwei Meter zu isolieren hatte.
Es waren jene Tage an denen man um das tägliche Überleben kämpfen musste.
Wenn man mal Glück hatte und einen großen Auftrag ergattern konnte, dann war der Preis sehr niedrig.

So musste man sehen, dass kein Material verschenkt wurde, denn jeder Pfennig und Meter zählte.

Sparsamkeit und Fleiß waren hier dann die Parole!

Was kostete das Leben im Jahre 1924

Mit den Jahren 1923 und 1924 spürte man den leichten Aufschwung, den die Wirtschaft zu dieser Zeit nahm.

Während wir heute über eine wöchentliche Arbeitszeit von 36 Stunden oder gar weniger nachdenken, betrug sie damals 50.4 Stunden.

Heute kaum vorstellbar!

Und was verdiente man zu dieser Zeit?

Nach einer Recherche verdiente ein Facharbeiter pro Stunde 0,60 Rentenmark! Dies machte bei einer 50.4 Stundenwoche einen Wochenlohn von 30,24 Rentenmark.

Aber was bekam man dafür:

Hier ein kleiner Auszug aus dem Bereich der Lebensmittel:

Produkt	Menge kg	Preis in Renten mark
Roggenbrot	1	0,28
Butter	1	4,41
Margarine	1	1,31
Kartoffeln	1	0,08
Zucker	1	0,14
Reis	1	0,44
Schweinefleisch	1	2,01
Eier	1 Stck.	0,16
Milch	1 Liter	0,88

Manche dieser Produkte waren regelrechte Luxusprodukte. Für ein Kilo Butter musste man 7,33 Stunden arbeiten. Für Margarine immerhin noch 2,16 Stunden.

Aber man lebte auf.

Wochenende

Wie sah damals so ein Wochenende aus?

Nun, so wie heute sah damals das Wochenende nicht aus. Während wir heute schon ab Freitagmittag ins Wochenende gehen, wurde zu dieser Zeit noch fleißig gearbeitet.
Der Freitag war ein voller Arbeitstag, mit mindestens 11,4 Stunden. Wollte man den Samstag nutzen für private Aktionen, dann musste man an den anderen Tagen 14,08 Stunden arbeiten, um auf seine Leistung zu kommen, damit auch der Wochenlohn stimmte.

Da mein Opa selbstständig war, bestimmten die Aufträge und deren Erledigung sein Arbeitspensum. Wenn es gut lief, dann wurde auch mal mehr als 12 Stunden pro Tag gearbeitet, einschließlich dem Samstag.

So blieb oft nur der Sonntag zur Erholung!

Feierabend

An diesem Tag wurde eine Stunde länger geschlafen. Nach einem kleinen Frühstück ging es gemeinsam zum Kirchgang. Danach bereitete die Frau das Mittagessen vor, während mein Opa sich über den Schriftkram hermachte.

Auch schon damals musste man Steuer bezahlen. Gegen 12 Uhr nahm man dann gemeinsam das Mittagsessen ein. Während die Frau die Küche wieder auf Vordermann brachte, gönnte sich mein Opa ein kleines Mittagsschläfchen.

Kurz vor drei kamen die ersten Familienmitglieder und Verwandte zum gemeinsamen Kaffee und Kuchen.

Hier wurden dann die Neuigkeiten ausgetauscht und die Herren unterhielten sich über die politische Lage, während die Frauen über die neueste Mode und Rezepte sprachen.

Manchmal holte mein Opa seine Geige heraus und zusammen mit seinem Schwager, auf seiner „Quetsch", wurde zum Tanz aufgespielt.

Es war eine unbeschwerte Zeit.

Man hatte das Gefühl, das es wieder bergauf ging. Nach den entbehrungsreichen Jahren lebte man wieder regelrecht auf.
Meine Mutter konnte sich noch wage an diese Zeit erinnern. Es war eine schöne, aber auch anstrengende Zeit.

Man genoss diese gemeinsamen Zeiten sehr, da jeder in seinem Beruf, in seiner Ausbildung gefordert wurde.

Vater und Tochter

Mutter als Motorradbraut

Mutter als Motorradbraut!

Dennoch hatte ihr Vater, also mein Opa so eine düstere Vorahnung, dass sich diese Phase des Aufschwunges so nicht weiter fortsetzen konnte, da viele über ihre Verhältnisse lebten.

Auch der Staat!

Es fühlte sich an, als wenn eine riesige Blase immer weiter aufgebläht wird. Es war nur eine Frage der Zeit, wann diese Blase platzt.

Er sollte recht behalten!

Mit dem Abendessen ging ein schöner Tag zu Ende. Denn die nächste, anstrengende Woche warf schon ihren Schatten voraus.

Heiraten in den 30zigern

Durch einen Zufall stieß ich auf ein Merkblatt „für Eheschließende" aus dem Jahre 1935.

Hier gab es eine Reihe von Regeln zu beachten:

Reichsgesundheitsamt

Merkblatt

für

Eheschließende

Dieses Merkblatt soll der Standesbeamte gemäß § 45 Abs 5 des Personenstandsgesetzes den Verlobten und denjenigen, deren Einwilligung zu der Verehelichung nach dem Gesetze erforderlich ist, vor Anordnung des Aufgebotes aushändigen.

Form. 29

Hier der Text, übertragen aus dem Original:

Merkblatt für Eheschließende vom Reichsgesundheitsamt

Dieses Merkblatt sollte der Standesbeamte gemäß § 45 Abs 5 des Personenstandgesetzes den Verlobten und denjenigen, deren Einwilligung zu der Eheschließung erforderlich ist, vor Anordnung des Aufgebotes aushändigen.

Dieses Merkblatt habe ich in alten Unterlagen meiner Großeltern gefunden und dieses übersetzt aus der altdeutschen Schrift. Daraus ergab sich folgender Text:

Gesundheit von Mann und Frau ist die Voraussetzung für das Glück einer Ehe

Nur die Gesundheit sichert alle Körper- und Geisteskräfte, die Zufriedenheit im ehelichen Leben und gesunde, schaffensfreudige Kinder verbürgen.
Die Eheschließung ist aber nicht nur eine Schicksals- und Lebensfrage für die beiden Verlobten, sondern die Familie ist die Keimzelle, aus der dem Volksganzen der Nachwuchs hervorgehen soll.

Jede Heirat bestimmt also ein Glück des Gesamtschicksals der Volksgemeinschaft. Nach dem Ehegesundheitsgesetz sind von vornherein ausgeschlossen solche Ehen, bei denen

- einer der Verlobten an einer mit Ansteckungsgefahr verbundenen Krankheit leidet
- eine erhebliche Schädigung des Gesundheit des anderes Teiles oder der Nachkommen befürchten lässt
- einer der Verlobten, ohne entmündigt zu sein, an einer geistigen Störung leidet, die die Ehe für die Volksgemeinschaft unerwünscht erscheinen lässt
- einer der Verlobten an einer Erbkrankheit im Sinne des Geistes zur Verhütung erbkranken Nachwuchses leidet, es sei denn, dass
- der andere Verlobte unfruchtbar sei

Eheliches Glück und gesunde, vollwertige Kinder sind aber auch an die „rassenmäßige" Übereinstimmung der Sippen (Reinheit des Blutes) beider Eheleute gebunden.

Heirate nicht, bevor du dich nicht vergewissert hast, ob sich der für dein ganzes Leben wichtige Schritt mit deinen eigenen Gesundheitszustand und dem deiner Sippe vereinbaren lässt und ob die Rassenreinheit deiner Nachkommen gewahrt bleibt.
Der Nachweis der Reinheit des Blutes (Rassenreinheit) ist durch deine Geburtsurkunde und die Heiratsurkunde deiner Eltern meist ausreichend zu erbringen. Über die Rassenzugehörigkeit und die Religion der Großeltern mußt du aber auch unterrichtet sein. Verlasse dich im Zweifelsfall nicht auf mündliche Aussagen und Meinungen, sondern beschaffe dir genaue Unterlagen (Geburts- und Heiratsurkunde der Großeltern)

Sei immer eingedenk der Verantwortung, die du auch in dieser Beziehung, deinen Kindern und deinem Volke gegenüber hast.

Ob eine Krankheit oder eine Krankheitsanlage vorliegt, die zur Zeit das Heiraten nicht ratsam erscheinen läßt, kann dir nur der Arzt sagen.

Auch kann der Arzt verborgene, noch nicht erkannte Krankheiten bei solcher Untersuchung aufdecken, den Weg zur Heilung zeigen und dadurch die Eheschließung nach der Genesung ermöglichen.

Bei einer ansteckenden Krankheit – offener Tuberkulose oder anderen ansteckenden Krankheiten – darf eine Ehe nicht eingegangen werden, weil der Ehepartner und die Nachkommenschaft in ihrer Gesundheit schwer geschädigt werden können.

Die Krankheiten sind aber heilbar! Der Arzt, der dich berät, wird dir den Weg zur Gesundheit und damit zu der erwünschten Eheschließung weisen.

Denen, die sich für krank halten, ohne es in Wirklichkeit zu sein, oder denen, die Bedenken haben, ob sie gesunde Kinder bekommen können, wird durch eine ärztliche Untersuchung und eine erbärztliche Beratung vor der Eheschließung eine unberechtigte Besorgnis genommen werden können.

Wende dich in jedem Falle vertrauensvoll an den Arzt deiner Wahl oder an die Beratungsstelle für Erb- und Rassenpflege deines zuständigen Gesundheitsamts, bevor du den endgültigen Schritt deines Lebens unternimmst.

Der Arzt sei dir Berater und Helfer, damit du selbst deine Familie, deine Kinder, Enkel und Urenkel in voller Gesundheit leben und ihr alle unserem deutschen Volke dienen könnt.

Unterrichte deinen Verlobten oder deine Verlobte von den Ermittlungen über die Rassenzugehörigkeit und das Ergebnis der ärztlichen und der erbärztlichen Befragung, bevor ihr den endgültigen Entschluss zur Verehelichung fasst.
Wer aber weder der Vernunft noch dem Rufe des Gewissens Gehör gibt, der sei auf folgendes hingewiesen:

- Das Gesetz zum Schutze des deutschen Blutes und der deutschen Ehre vom 15.9.1935 sieht Zuchthausstrafe für eine Eheschließung zwischen Juden und Staatsangehörigen deutschen oder artverwandten Blutes vor.

- Nach den Ehegesundheitsgesetz vom 18.10 1935 ist eine Ehe nichtig, wenn die Ausstellung der „Ehetauglichkeitszeugnisse" oder die Mitwirkung des Standesbeamten bei der Eheschließung von den Verlobten durch wissentlich falsche Angaben herbeigeführt ist. Für die Erschleichung einer auf Grund des Gesetzes verbotenen Eheschließung ist eine Gefängnisstrafe von wenigstens drei Monaten vorgesehen.

- Nach dem Gesetz zur Bekämpfung der Geschlechtskrankheiten wird mit Gefängnis bis zu drei Jahren bestraft, wer weiß oder den Umständen nach annehmen muss, dass er an einer mit Ansteckungsgefahr verbundenen Geschlechtskrankheit leidet und trotzdem eine Ehe eingeht, ohne den anderen Ehegatten vor der Ehe über seine Krankheit Mitteilung gemacht zu haben. Ebenso wird bestraft, wer, obgleich er an einer mit Ansteckungsgefahr verbundenen Geschlechtskrankheit leidet und dies weiß oder den Umständen nach annehmen muss, andere hierdurch gefährdet. Diese Vorschrift gilt auch für Verheiratete, sie gilt auch für den, der vor der Ehe dem anderen Teil über seine Erkrankung keine Mitteilung gemacht hat.

- Außerdem kann in einem solchen Falle die Ehe von dem anderen Ehegatten angefochten werden und durch ein gerichtliches Urteil für nichtig erklärt werden.

12 Kernsprüche

Deutscher Mensch – deutsche Familie – deutsches Volk

- Der Mensch ist das wertvollste Gut eines Staates

- Wenn die Kraft zum Kampfe um die eigene Gesundheit nicht vorhanden ist, endet das Recht zum Leben in dieser Welt des Kampfes

- Die Sünde wider Blut und Rasse ist die Erbsünde dieser Welt und das Ende einer sich ihr ergebenden Menschheit

- Der Sieg der erbgesunden kinderreichen Familie entscheidet über das Leben und die Erhaltung des heutigen Volkes im Herzen Europas

- Rückschauend wurzeln wir alle in unzähligen Geschlechtern, ihren Sitten, ihren Kämpfen und Nöten. Lernen wir aus dieser Erkenntnis die Erfüllung unserer Pflicht gegen unsere Heimat und Volk

- Die Art- und Rassenkunde verdrängt nicht den religiösen Gedanken, sondern bindet ihn fester an das Lebensgeheimnis und die sittliche Zweckbestimmung des Menschen als irgend etwas anderes

- Nur deutsches Blut bedingt deutsche Weltanschauung, deutschen Sinn, deutschen Glauben und deutsche Sitten.

- Wer weiß, dass der Staat nur zu begreifen ist als Mensch, Familie und Volk - wer erkannt hat, dass der einzelne Mensch nur den Lebensausdruck und ein Glied vergangener Geschlechter darstellt, muss in der Frau die lebende Brücke zwischen diesen Geschlechtern und in ihr die Hüterin vom Volk, den Inhalt des Staates, erblicken.

- Die gesunde Familie schafft die biologischen Bausteine des gesunden national-sozialistischen Staates

- Wenn die deutsche Frau erst wieder ihren Wert und ihre Kraft erkannt hat, wird auch der deutsche Familiengedanke wieder groß und heilig werden

- Wir müssen im Knaben den kommenden Vater – im Mädchen die kommende Mutter deutscher Geschlechter erblicken. Lasst sie uns zu ihnen eines körperlich und geistig gesunden Volkes erziehen

- Deutsche Jugend, halte Körper und Geist sauber, sie gehören nicht dir, sondern deiner Nation! Ihr Jungs , schaut auf das deutsche Mädel mit der Achtung vor der späteren Lebenskameradin – und ihr Mädels, erkennt im deutschen Jungen den Schirm eurer Ehre und eures Lebens. So prägt ihr die künftige reine deutsche Familie für den deutschen Staat und das deutsche Volk

Formular 29

Daran konnte man ersehen, dass es doch zu dieser Zeit recht schwierig war, der Liebe eine Chance zu geben!

Aber es wirft schon einen Blick auf diese Zeit, die für viele nicht gerade einfach war!

Man musste auf vieles verzichten, war eingepfercht in einer Diktatur, die einem keinen großen Spielraum ließt und jeglicher Denunziation ausgesetzt war. Das Leben hing oft einem seidenen Faden!

Was sind verlorene Jahre?

Weshalb habe ich mein Buch „Verlorene Jahre" genannt?

Dies ist eine Frage die man sich immer wieder stellen muss. Man muss sich nur eines vorstellen:

Da hat man die Schule hinter sich gelassen, man hat seine erste Arbeit und denkt daran vielleicht bald eine Familie zu gründen. Und dann wird man zu den Waffen gerufen und seine ganze Lebensplanung ist dahin.
Wie muss man sich fühlen, wenn man nicht mehr selbst bestimmen kann, was man möchte? Wenn jetzt andere bestimmen, was mit deinem Leben geschieht. Was würde die heutige Jugend dazu sagen, wenn man ihnen befiehlt, jetzt in einen Krieg zu ziehen, von dem man nicht weißt, wie er enden wird.
So ging es damals auch meinen Opa. Er hatte seine Schulzeit beendet und machte in seinem Beruf als Bohrer seine ersten Schritte. Da spitzte sich die Weltlage plötzlich zu und man wurde zu den Waffen gerufen, wie es damals so schön hieß.

Plötzlich wurde man aus dem Arbeits- und Familienleben gerissen, wurde eingezogen und an der Waffe ausgebildet.

Danach ging es in den Einsatz.

Der eine ging an die Ostfront, der andere an die Westfront.

Wie viele junge Männer kamen nicht mehr zurück? Sie starben auf den vielen Schlachtfeldern. Viele wurden regelrecht von ihren Generälen verheizt.

Nach dem Motto:

"Wir haben ja genug "Material".

Das dies nicht so war, hat uns die Geschichte gelehrt. Als man damals dachte, dies wird ein sehr kurzer Gang, der lag mit seiner Meinung völlig daneben. Nicht nur das es an Material fehlte, nein auch die hohen Verluste, besonders in den Stellungskriegen an der Westfront, führten zu einem bedrohlichen Mangel. Von den Generälen, die sicher in der Heimat saßen, wollte keiner etwas davon wissen. Sie waren der Meinung, dass sie immer noch diesen Krieg gewinnen können.

Ein fataler Trugschluss!

So wurde auch mein Opa zu den Waffen gerufen und vier lange Jahre war er im Westen Frankreichs, besonders in Flandern dazu verdammt, in stinkenden Schützengräben, unter schwerem Geschützfeuer zu überleben. Viele seiner Kameraden verloren ihr Leben. Aber diese Ereignisse ließen ihn nicht mehr los.

Er hoffte nur inständig darauf, dass er dieser Hölle entkommen konnte. Er hatte das Glück, diese Zeit weitgehend unbeschadet zu überstehen.

Später sagte er einmal zu meiner Mutter:

Solltest du jemals einen Sohn haben, so erspare ihm ein Leben als Soldat. Denn das was ich in dieser Hölle erlebt habe, möchte ich keinem meiner Nachfahren gönnen. Dabei muss man wissen, dass jeder neue Krieg immer grausamer wird und in ganz andere Dimensionen abgleitet. Schon in den Jahren, der so genannten "goldenen Zwanziger Jahren" ahnte er, was auf die neue Generation zukommen werde.

Als er aus dem Krieg zu zurück kam, musste er feststellen, dass sein junges Lebenswerk, die Arbeit in einem kleinen Handwerksbetrieb, danieder lag und er jetzt wieder ganz von vorne beginnen musste.

Aber diese vier Jahre hatten ihm viel Kraft gekostet und jetzt sollte er noch einmal von vorne beginnen? Vier lange Jahre hat er seinen Kopf für einen sinnlosen Krieg hingehalten und jetzt? Jetzt stand er wieder am Anfang und Hilfe für einen Neuanfang gab es damals nicht. Man musste selber sehen wie man über die Runden kam.

Es blieb ihn nichts anderes übrig, als wieder die Ärmel hochzukrempeln und sich wieder in die Arbeit zu stürzen. Die Zeiten waren hart und Arbeit fand man nicht überall.
Man musste neu beginnen, sich neu aufstellen, ja, sogar einen neuen Beruf erlernen, damit es weiter gehen konnte.
Man musste für jeden noch so kleinen Auftrag hart kämpfen, um zu überleben. Er sah aber auch viele seiner ehemaligen Kameraden, die den Weg nicht mehr zurückfanden in die Gesellschaft.

Manch einer sah sie als Verlierer an, als Duckmäuser, als Fahnenflüchtiger und man ließ sie links liegen. Viele seiner Kameraden ließ aber auch das Erlebte nicht mehr los. Schwere Alpträume, psychische Schäden ließen sie arbeitsunfähig werden und fielen in ein bodenloses Loch, aus dem sie nicht mehr herauskamen.
Wie nach jedem Krieg gibt es Kriegsgewinnler, die sich auf Kosten anderer bereicherten. Sie nutzten die Lethargie der Leute, nach der Niederlage einfach schamlos aus.

Man fragte sich, was der Krieg eigentlich gebracht hatte, außer den vier verlorenen Jahren seines Lebens.

Was hätte man nicht alles in dieser Zeit schaffen können?

Was ging dabei an Lebensqualität verloren?

Was war mit dem Leid in den Familien, wo der Ehemann, der Vater, der Bruder oder der Onkel nicht mehr zurückkam?

Was war mit der Not, unter der man jetzt leiden musste?

Was kam noch auf uns zu?

Was wollten die Sieger von uns, dem Verlierer, von uns noch alles haben?

Wann ging es uns wieder besser?

Viele Fragen, aber keine Antworten.

Wurden hier schon die ersten verhängnisvollen Spuren gelegt, für das, was einundzwanzig Jahre später die Erde erneut erschütterte?

Geht man in die Jahre zwischen 1933 und 1939 hinein, dann musste man mit Bedacht seine Worte wählen. Jedes Wort wurde auf die Goldwaage gelegt. Sonst konnte es geschehen, dass man wegen Volksverhetzung angezeigt wurde. Dies ging recht schnell. Hatte man das Pech einmal zwischen den Mühlen der Justiz geraten zu sein, dann gab es kaum ein Entrinnen.
Jeder, der sich mal hervor tun wollte, denunzierte seinen Nachbarn oder seine Freunde, um ihnen eins auszuwischen. Ob die Anschuldigungen stimmten, war erst einmal völlig egal. Hauptsache der "böse Nachbar" war für eine längere Zeit weg.
Bei meinem Opa kam noch erschwerend hinzu, dass er Mitglied in der F.A.U.D, einer Bewegung der freien Arbeiter-Union Deutschland war.

Einer Organisation die sich für die Rechte der Arbeiter einsetzte, um deren Arbeitsbedingungen zu verbessern.

Diese an für sich lobenswerte Einrichtung verlor, wie schon vorher erwähnt, in einem rasanten Fall ihre Mitglieder und fiel bereits 1933 in die Bedeutungslosigkeit.

Alle Mitglieder, Gruppenleiter, Ortsleiter und die Führungsriege standen unter der Aufsicht des Staates.

Oft genug wurde man unter fadenscheinigen Gründen, unter zeitlich langen und körperlich anstrengenden Verhören, vorgeladen. Immer wieder mussten sich die Mitglieder rechtfertigen und dabei aufpassen, dass sie sich nicht provozieren ließen und unbedachte Äußerungen machten. Denn dies konnte in der Folge auf den Weg ins Lager führen.

So hatte sich mein Opa sein Leben bestimmt nicht vorgestellt. Dabei war sein Ziel, den anderen, den schwächeren zu helfen, um deren Lage zu verbessern.

Aus den Erzählungen meiner Mutter konnte ich erfahren, dass mein Opa oft zu diesen Verhören geladen wurde.

Sehr oft gingen diese Verhöre über mehrere Tage und daheim saß meine Mutter, hatte Angst um ihren Vater und war froh, wenn ihr Vater wieder unversehrt nach Hause kam. Um nicht immer wieder in die Fänge der Justiz zu geraten, ließ mein Opa die Mitarbeit in der F.A.U.D oberflächlich ruhen und half dennoch im Stillen, den ein oder anderen in seiner Not.

Man musste zu dieser Zeit immer wieder sehr auf der Hut sein, ob Freund oder Fremder, man konnte keinem hinter seiner Maske schauen.

Mit jedem Schritt ging die Angst mit!

In den alten Unterlagen fand ich einen Teil eines Zeitungsartikels meines Opa`s vermutlich aus dem Jahr Oktober 1922 wo es um einen Aufruf ging:

Diese Seite hatte sein Vater, Ludwig Trobitz in seinem Nachlass gehabt, den meine Mutter später in ihrem Nachlass verwahrt und den ich heute, für meinen Rückblick, auf die damaligen Zeiten verwende:

Was mir noch blieb, war ein Auszug aus einem Artikel, den mein Opa in der Zeitschrift „Erkenntnis und Befreiung" Nr. 42 geschrieben hatte. Jedoch ist von dem ganzen Artikel nur die Seite 4 erhalten geblieben. Hier hatte noch sein Vater Ludwig Trobitz einen Vermerk gemacht, für seine Schwiegertochter Adele Trobitz, die vermutlich zu dieser Zeit auf der Straße In der Piwipp oder auf der Unterrather Str. wohnte:

Im oberen Bereich kann ich noch die Jahreszahl erkennen, sie lautet 1921/22.

Der Rest ist leider nicht mehr zu entziffern. Da auch sonst die Qualität, nach immerhin fast hundert Jahren, nicht besonders gut ist, gebe ich den Text Wort für Wort so weiter, wie er dort geschrieben steht:

ist es von höchster Wichtigkeit, den Selbständigkeitsbestrebungen der Einzelgruppierungen im revolutionären Proletariat keinerlei Schranken aufzuerlegen. Ganz ebenso wie alle politischen Parteien, krankt auch der Syndikalismus daran, daß er in der Nachkriegspropaganda eigentlich nur dort wieder eingesetzt hat, wo 1914 seine Aktivität jäh abgebrochen wurde. Die neue Zeit nach 1918 erforderte neue Mittel und Organisationselemente, diese aber waren leider nicht da, und die Anwendung neuer Aufschriften für die alten Methoden und Wege konnte zu nichts Neuem führen. Dazu kommt noch, daß der gesamte Aufbau der syndikalistischen Freien Arbeiter-Union in der Tat nichts ist als ein „loserer Zentralismus", da das Schwergewicht der Macht über die Gesamtorganisation in einem Zentrum gelegen ist.

Ganz objektiv gesprochen und der sachlichsten Objektivität beflissen: derweilen leidet die ganze Entwicklung des deutschen Syndikalismus in geistiger, wie noch mehr: praktischer Beziehung! Es liegt auf den einzelnen Teilen der Organisation der Herrschaft einer ihnen von Majoritätsbeschlüssen auferlegten Richtschnur des Handelns und Denkens, die nimmermehr keine Einheitlichkeit einer neuen Aktion ergeben kann, als gerade die tatkräftigen Minoritäten in der Fr. A. U. D. (S.), ganz wie in jeder anderen zentralisierten Organisation, gehemmt sind in ihrer Eigenentfaltung und Betätigung.

Das folgende Flugblatt beweist es aufs deutlichste. Methoden, wie sie die zentralverbändlerische, die Lohnsklaverei aufrechterhaltende, das Profitsystem wahrende Scheinkampfart der reformistischen Gewerkschaften gebraucht — nie gedacht für revolutionäre Befreiungskämpfe —, um die Arbeiter Zeit ihres Lebens im Kreise herumzuführen, ahmt der Syndikalismus nach und vergeudet dadurch, genau so wie jene, die wirtschaftlich-finanzielle und geistige Energie und Solidarität der bewußten Minoritätselemente im Syndikalismus. Wie stellt man sich aber, so lange diese durch rückständige Mehrheitsbeschlüsse von Kongressen und durch die Funktion der durch diese eingesetzten Instanzen niedergehalten werden können, die natürliche, frei sich zu entfaltende Entwicklung der Gesamtorganisation vor?

Selbstredend wissen wir auch die Schwierigkeiten einer solchen zu würdigen. Aber eben deshalb begrüßen wir es und muß es jeder am beschleunigten Fortgang der revolutionären Entwicklung unserer eigenen Organisationen Interessierter begrüßen, wenn die selbständigen Regungen in denselben sich mehren und diese ihren normalen Lauf nehmen. Dieser muß auf der Bahn gegenseitiger Duldung gelegen sein. Auch unsere engeren Kameraden haben zu begreifen, daß die Fr. A. U. D. (S.) notwendigerweise, als Agitationsmittel, [illegible] noch unentwickelte Elemente an sich ziehen muß, um ihren gewerkschaftlichen Tagesanforderungen entsprechen zu können. Auch diese Schichten des Proletariats müssen ihre eigene Erfahrung durchmachen, ehe und bis sie zu unseren Erkenntnissen gelangen können; sicherlich wird diese Erfahrung bei uns beschleunigter vor sich gehen, als wenn sie überhaupt nicht bei uns wären.

Aber auf der anderen Seite müssen die geistig führenden Köpfe des deutschen Syndikalismus begreifen, daß jede Organisationsform und Aktionskraft des revolutionären Proletariats an sich berechtigt und weiterführend ist, insolange sie aus ihm selbst ersteigt. Und da waren und sind es stets Minoritäten, die bahnbrechend vorgehen. Was die Kameraden von Bilk und Zoo begonnen haben, muß nun erprobt werden und es verbleibt der Zeit, nicht irgend einer Instanzenautorität oder Kongreßmajorität, darüber zu entscheiden, ob sie — wie wir es glauben — oder die Majorität der Organisation der Fr. A. U. D. (S.) recht haben in ihrer besonderen Auffassung bezüglich Organisation und Methoden.

Besonders in dieser Richtung hat die Arbeiterbörse Düsseldorf durch ihren Beschluß ein leuchtendes Beispiel der Toleranz und Solidarität gegeben. Wir beglückwünschen sie dazu und wissen, daß nur in diesem kameradschaftlichen Gegenseitigkeitsverhältnis die ansteigende Zukunft des anarchistischen Syndikalismus errungen werden wird.

P. R.

Das Alte vergeht, das Neue bricht sich Bahn.

Nachdem schon seit langer Zeit innerhalb der Freien Arbeiter-Union Deutschlands (Syndikalisten) Stimmen laut wurden zur Selbständigmachung der einzelnen Bezirke, wie auch für Aenderungen des bisherigen Streikunterstützungswesens, hat sich nunmehr auch der Bezirk Bilk in der letzten außerordentlichen Mitgliederversammlung entschlossen, der Frage näher zu treten. Nach einer längeren Diskussion ergab die Abstimmung die Mehrheit für die Selbständigkeitserklärung des Bezirkes innerhalb der Fr. A. U. D. für Düsseldorf-Bilk.

Die nachfolgenden Versammlungen boten den Mitgliedern Gelegenheit, sich über den Aufbau des Bezirkes Bilk eingehend auszusprechen und so das Beste zu schaffen, wie es den heutigen Zeitverhältnissen und der heutigen Lage entspricht.

Um den Mitgliedern einige kurze Aufklärungen zu geben, die zur Selbständigkeitserklärung des Bezirkes Bilk und Zoo geführt haben, sieht sich der provisorische Vorstand veranlaßt, diese folgenden Erklärungen mit Fragebogen den Mitgliedern zu unterbreiten.

Allen Mitgliedern wird wohl noch der letzte große Metallarbeiterstreik hier in Düsseldorf in unfreundlicher Erinnerung sein. Zu dieser Zeit wurde ein Beitrag von 3 Mk. erhoben und eine Streikunterstützung von 90 Mk. per Woche bezahlt inklusive Ausgabe für „Syndikalist" und „Schöpfung".

Mit welchen Schwierigkeiten es bei dem damaligen Streik und den derzeitigen Unterstützungssätzen verbunden war, den im Streik stehenden Kollegen die 90 Mk. pro Woche auszuzahlen, können wohl nur die Kassierer und die Kollegen, die die Solidaritätsgelder zusammenbettelten, richtig beurteilen.

Wie steht es heute in der Fr. A. U. D. in Düsseldorf? Heute zahlen die Mitglieder 10 Mk. pro Woche. Der „Syndikalist" und die „Schöpfung" benötigen von diesen 10 Mk. ungefähr die Hälfte pro Woche an Herstellungskosten. Nach statutarischem Satze steht den Mitgliedern rechtskräftig der fünffache Wochenbeitrag als täglicher Streikunterstützung zu. 5 × 10 = 50 × 6 ist 300 Mk. pro Woche. Was wollen die Mitglieder bei einem großen Streik von längerer Dauer mit dieser Geldsumme in der heutigen Zeit anfangen? Hier käme nur in Frage: Erhöhung der Beiträge in Höhe eines halben Wochenlohnes pro Jahr; umgerechnet nach dem heutigen Verdienst etwa 20—30 Mk. pro Mitglied und Woche an Beitragsleistung. Demzufolge dürfte als Streikunterstützung 800 bis 900 pro Woche.

Angenommen, das letztere wird eingeführt. Bräche nun hier in Düsseldorf wieder ein Streik aus, wie im vergangenen Jahre, so macht bei einem Mitgliederbestande der im Streik stehenden Metallarbeiter von angenommen rund 2000 Mann und einer Auszahlung von 800 Mk. pro Woche 1,800.000 Mk. ausgezahlt werden und bei 900 Mk. pro Woche 2,700.000 Mk. die zu zahlende Streikunterstützung betragen? Oder angenommen, — der Zeitpunkt ist ja auch nicht mehr fern —, wo wir Arbeiter und Z[illegible] als Millionäre die Fabrik verlassen, dann würde nach dem entsprechenden Pflichtbeitrag die auszuzahlende Streikunterstützung für die 2000 Metallarbeiter der Fr. A. U. D. 900,000.000 Mk. pro Woche betragen! Da wird die nächste fliegende Kolonne zum Einsammeln von Solidaritätsgeldern sich schon eines Luftschiffes bedienen und auf den Planeten des Mars oder Jupiters eine Anleihe aufnehmen müssen, denn bei den Millionär-Proleten wird dann noch weniger zu holen sein, wie im vergangenen Jahre.

Was sollten daher die aufgeklärten Arbeiter in der Fr. A. U. D. tun, um andere Wege und Mittel ausfindig zu machen? Um den kommenden Verelendungszuständen des Proletariats einen Damm entgegen zu setzen?

Wir richten nun an unsere Kollegen nebst deren Frauen folgende Fragen zur Beantwortung, die wir von beiden Ehegatten unterschrieben zurück erbitten möchten.

Seid ihr bereit, als vorläufig festgesetzten Satz für die weitere Aufklärung des werktätigen Volkes in Wort, Schrift oder Bild einen wöchentlichen Beitrag von 15 Mk. zu zahlen? Dieser Satz ist nur von dem Manne zu entrichten; Frauen, Kinder unter 16 Jahre, Kranke und Greise dieser Familie werden ohne Beitragszahlung als Organisationsangehörige betrachtet.

Seid ihr bereit, im Sinne unserer Auffassung der Zusammengehörigkeit aller schaffenden Menschen bei Streiks, Aussperrungen, sowie der weiteren täglichen Bedrängnisse der schaffenden Menschen, die gegenseitige Hilfe der direkten Aktion anzuwenden? Durch Folgendes:

1. Die Kinder der streikenden Kollegen für die Dauer des Streiks in Pflege zu nehmen?

2. Bei längerer Streikdauer auch den Kollegen samt seiner Frau in Verpflegung zu nehmen?

3. Jede geeignete Aktion zu unternehmen, um die streikenden Kollegen mit der Tat zu unterstützen?

Seid ihr bereit, für Eure eigene Sicherstellung des Lebensunterhaltes bei einem Streik oder Generalstreik Euch einen eisernen Bestand an Lebensmitteln anzulegen, der eventuell durch größeren Gesamteinkauf der Mitglieder beschafft werden könnte?

Seid ihr bereit, nicht nur zahlende Mitglieder, sondern tatkräftige Genossen und Genossinnen zu sein, die gerne ihre Freistunden in den Dienst für die große Aufgabe der Volksaufklärung stellen, zum Wohle aller schaffenden Menschen?

Seid ihr bereit, zur Einigkeit des Proletariats die Betriebsorganisation, aufgebaut auf dem Rätesystem, Verbänden in Industrieföderationen zu propagieren?

Seid ihr bereit, Euch gegen die schamlose Ausbeutung und Bewucherung als Rebellen zu betätigen und mit Ueberlegung eine zielbewußte Aktion gegen die weitere Verelendung des schaffenden Volkes zu unternehmen?

Seid ihr bereit, diese Frage mit uns zu besprechen, so besucht alle unsere Versammlungen und beratet und helft weiter mit uns, für uns und unsere Kinder und Nachkommen eine andere Gesellschaftsform zu erringen?

Die obigen Fragen sind mit Fragebogen bei Neuaufnahmen als Aufnahmeschein dem Aufzunehmenden zur Beantwortung vorzulegen. Die Nichtzugehörigkeit des Aufzunehmenden in den Parteien, den Kirchen und bürgerlichen Klimbimvereinen soll für alle unsere Mitglieder eine Selbstverständlichkeit sein.

Mit kameradschaftlichem Gruß

Fritz Trobitz Heinrich Everts.

Düsseldorf, Konkordiastr. 98 (II).

PS. Alle Interessenten an den obigen Bestrebungen sind — im In- wie Ausland — solidarisch ersucht, sich mit der angegebenen Adresse in Korrespondenzverbindung zu setzen!

Bund herrschaftsloser Sozialisten

Graz und Umgebung. Zur Beachtung! Die regelmäßigen Zusammenkünfte für unsere Gesinnungsfreunde und Interessenten unserer Bewegung finden von an jeden Samstag, um halb 8 Uhr abends, beim „Tischlerwirt" (im Extrazimmer), Ecke Schönau- und Grazbachgasse, statt, woselbst auch sämtliche sozialistische und freidenkerische Literatur, unsere reichsdeutschen Bruderblätter erhältlich sind. Auch findet jedesmal die Bücherausgabe durch unsere Bibliothek statt. Kameraden und Kameradinnen, sowie ehrliche Menschen aller Parteien, besuchet unsere Gruppenabende, damit wir uns gegenseitig kennen lernen und geistig fördern können.

Im Auftrage der Gruppe Graz des B. h. S.:

Gustav Kern

Vormerke: Samstag, den 18. November 1922, veranstaltet die Gruppe „Neue Generation" des Bundes herrschaftsloser Sozialisten in Wien, im Theatersaal des Hotels Continental, II., Taborstraße 4, eine feierliche Gedächtnisfeier zu Ehren der Märtyrer von Chicago. Die Gedenkrede wird von Pierre Ramus gehalten; zur Vervollständigung des reichhaltigen Kunstprogramms haben namhafte Künstler ihre solidarische Mitwirkung zugesagt.

Mitkämpfer-Spenden für den Preßfonds.

Hauptmeier 100, Poschiek 8000, Regiebeitrag 11. Oktober 10.000, Staudner 300, Reisebmayer 180, Riegler 800, Bartha 2600, Schneider 1200, F. Morgenbesser 5000, Schleifer 500, Ladany 15.000, Dittler 10.000, Ueberzahlung 200, Sapper 1100, Rud. Lutz 1000, Feucht 200, Fiedler 1000, Langer 200, Erblich 200, Ida Luthe 10 Lire, P. 3000, Coufalik 4740.

Für die in den Kerkern des Bolschewismus im marxistischen Rußland schmachtenden Kameraden. Alex. Schwarz 1000, Karl Wieser 2000.

Bund herrschaftsloser Sozialisten

Jeden Sonntag, um ½3 Uhr nachmittags, im Saale des „Apolloneum", Wien, I. Postgasse 13

spricht

PIERRE RAMUS

über:

„Theoretische und taktische Probleme des Anarchismus."

Nach dem Vortrag freie Diskussion.

Jedermann herzlichst willkommen!

An die Leser, Abonnenten und Kolporteure!

Die Zeitschrift „Erkenntnis und Befreiung" ist ein Gemeinschaftsprodukt des solidarischen Geistes aller an ihr Beteiligten, aller sie geistig, administrativ-technisch, finanziell oder propagandistisch Fördernden. Ihre Zukunft und ihr Aufschwung sollen dazu dienen, das soziale und wirtschaftliche Interesse aller ihrer Mitkämpfer nach Möglichkeit auf das Beste zu wahren. Zu diesem Zweck ist das Blatt auf dem Grundsatz fundiert, keinen Privatgewinn zu gestatten. Der eventuell sich ergebende Reingewinn fließt in zwei Fonds: erstens in einen Verlagsfonds zur Herausgabe von Broschüren und Büchern unserer Weltanschauung, zweitens in einen Siedelungsfonds zum Ankauf von Grund und Boden, der der Gemeinbewirtschaftung kommunistisch zukommen soll, und dessen Assoziierung, zugleich aber auch für seine persönlichen, eigenen, intellektuellen wie materiellen Interessen, diese sowohl ideell als auch wirtschaftlich begriffen.

Alle für die Zeitschrift „Erkenntnis und Befreiung" bestimmten Zuschriften, Sendungen und Gelder sind an Rudolf Großmann, Klosterneuburg (bei Wien), Schiestlgraben 737, Niederösterreich, zu richten. Abonnementspreis inklusive Porto für das Inland bei unmittelbarem Bezug durch den Verlag können wir angesichts der fortwährend schwankenden und steigenden Druckkalkulationen nicht fixieren; für jede an uns gesandte Geldsumme erhält der Abonnent eine den Preisen entsprechende, bestimmte Anzahl von Nummern des Blattes zugestellt. Bei Mehrbezug für Propaganda (von vier Exemplaren an) K 180 [illegible]

Unverlangte Manuskripte werden nicht retourniert, briefliche Anfragen nicht beantwortet, wenn kein Rückporto beiliegt. Die Einzahlung des Abonnementsbetrages erfolgt durch das Postscheckkonto 178 710, alle Preßfondsspenden werden quittiert. Wegen Ausbleibens des Blattes: Reklamationen im Inland portofrei.

Die Zeitschrift „Erkenntnis und Befreiung" ist die direkte publizistische Folge der vor dem Kriege von gleicher Redaktion und in gleicher Gesinnung geleiteten Zeitschrift „Wohlstand für Alle" (Dezember 1907 bis Juli 1914 inklusive) und des „Jahrbuches der Freien Generation" (1910 bis 1914 inklusive). — Nachdruck nur mit genauer Quellenangabe und bei Zusendung von Belegexemplaren erwünscht: die Verwendung von Aufsätzen für

…. ist es von höchster Wichtigkeit, den Selbstständigkeitsbestrebungen der Einzelgruppierungen im revolutionären Proletariat keinerlei Schranken aufzuerlegen. Ganz ebenso wie alle politischen Pateien, krankt auch der Syndikalismus daran, daß er in der Nachkriegspropaganda eigentlich nur dort wieder eingesetzt hat, wo 1914 seine Aktivität jäh abgebrochen wurde. Die neue Zeit nach 1915 erforderte neue Mittel und Organisationselemente, diese aber waren leider nicht da, und die Anwendung neuer Aufschriften für die Methoden und Wege konnte zu nichts Neuem führen. Dazu kommt noch, daß der gesamte Aufbau der syndikalistischen Freien Arbeiter Union in der Tat nichts ist als ein „loserer Zentralismus, da das Schwergewicht der Macht über die Gesamtorganisation in einem Zentrum gelegen ist.

Ganz objektiv gesprochen und der sachlichsten Objektivität beflissen: darunter leidet die gesamte Entwicklung des deutschen Syndikalismus in geistiger, wie noch mehr: **praktischer** Beziehung!

Es liegt auf den einzelnen Teilen der Organisation der Hemmschuh einer ihnen von Majoritätsbeschlüssen auferlegten Richtschnur des Handels und Denkens, die umso mehr keine Einheitlichkeit einer neuen Aktion ergeben kann, als gerade die tatkräftigen Minoritäten in der Fr. A. U. D. (S.) ganz wie in jeder anderen zentralistischen Organisation, gehemmt und in ihrer Eigenentfaltung und Bestätigung.

Das folgende Flugblatt beweist es aufs deutlichste, Methoden, wie sie die zentralverbändlerische, die Lohnsklaverei aufrechterhaltende, das Profitsystem währende Scheinkampfart der reformistischen Gewerkschaften gebraucht - nie gedacht für revolutionäre Befreiungskämpfe - um die Arbeiter Zeit ihres Lebens im Kreise herumzuführen, ahmt der Syndikalismus nach und vergeudet dadurch, genau wie jene, die wirtschaftlich-finanzielle und geistige Energie und Solidarität der bewußten Minoritätselemente im Syndikalismus.

Wie stellt man sich aber, so lange diese durch rückständige Mehrheitsbeschlüsse von Kongressen und durch die Funktion der durch diese eingesetzten Instanzen niedergehalten werden können, die natürliche, frei sich zu entfaltende Entwicklung der Gesamtorganisation vor?

Selbstredend wissen wir auch die Schwierigkeiten einer solchen zu würdigen. Aber eben deshalb begrüßen wir es und muß es jeder am beschleunigten Fortgang der revolutionären Entwicklung unserer eigenen Organisationen Interessierter begrüßen, wenn die **selbständigen Regungen** in denselben sich mehren und diese ihren normalen Lauf nehmen. Dieser muß auf der Bahn **gegenseitiger Duldung** gelegen sein. Auch unsere engeren Kameraden haben zu begreifen, daß die Fr. A. U. D. notwendigerweise als Agitationskraft auch noch unentwickelte Elemente an sich ziehen muß, um ihren gewerkschaftlichen Tagesanforderungen entsprechen zu können.

Auch diese Schichten des Proletariat müssen ihre eigene Erfahrung durchmachen, ehe und bis sie zu unseren Erkenntnissen gelangen können; sicherlich wird diese Erfahrung bei uns beschleunigter vor sich gehen, als wenn sie überhaupt nicht bei uns wären.

Aber auf der anderen Seite müssen die geistig führenden Köpfe des deutschen Syndikalismus begreifen, daß **jede** Organisationsform und Aktionskraft des revolutionären Proletariats an sich berechtigt und weiterführend ist, insolange sie aus ihm selbst ersteigt.
Und da waren und sind es stets Minoritäten, die bahnbrechend vorgehen. Was die Kameraden von Bilk und Zoo (Anmerkung: zwei Stadtteile von Düsseldorf) begonnen haben, muß erprobt werden und es verbleibt der Zeit, nicht irgend einer Instanzen-Autorität oder einer Kongressmajorität, darüber zu entscheiden, ob sie – wie sie es glauben - oder die Majorität der Organisation der Fr. A. U. D. recht haben in ihrer besonderen Auffassung bezüglich Organisation und Methoden.

Besonders in dieser Richtung hat die Arbeiterbörse Düsseldorf durch ihren Beschluß ein leuchtendes Beispiel der Toleranz und Solidarität gegeben. Wir beglückwünschen sie dazu und wissen, daß nur in diesem kameradschaftlichen Gegenseitigkeitsverständnis die ansteigende Zukunft des anarchistischen Syndikalismus errungen werden wird.

P.R.

Das Alte vergeht, das Neue bricht sich Bahn

Nachdem schon seit langer Zeit innerhalb der Freien Arbeiter-Union Deutschlands (Syndikalisten) Stimmen laut wurden zur der einzeln **Selbstständigmachung der einzelnen Bezirke,** wie auch für Änderungen des bisherigen Streikuntersützungswesen, hat sich nunmehr auch der Bezirk Bilk in der letzten außerordentlichen Mitgliederversammlung entschlossen, der Frage näher zu treten. Nach einer längeren Diskussion ergab die Abstimmung für die Selbstständigkeitswerklärung des Bezirkes innerhalb der Fr. A. U. D. für Düsseldorf-Bilk.

Die nachfolgenden Versammlungen boten den Mitglieder Gelegenheit, sich über den Aufbau des Bezirkes Bilk eingehend auszusprechen und so das Beste zu schaffen, wie es den heutigen Zeitverhältnissen und der heutigen Lage entspricht.

Ausschnitt aus dem Stadtplan von Düsseldorf mit den Stadtteilen Bilk, Oberbilk, Hamm, Grafenberg, Derendorf, Altstadt und Oberkassel, um hier eine Übersicht zu geben, wo die Aktivitäten der F.A.U.D. - Gruppe stattfanden.

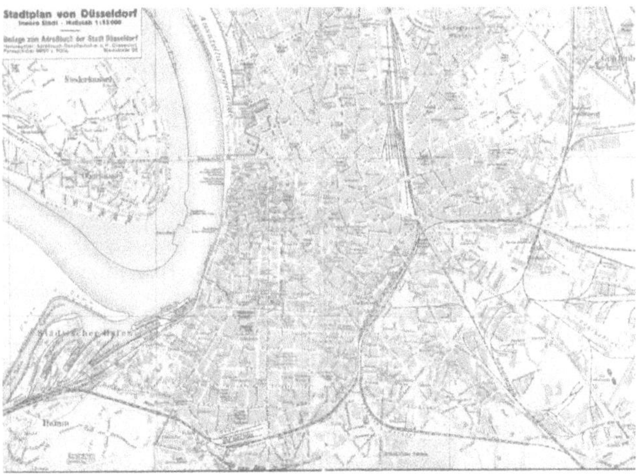

Um den Mitgliedern einige kurze Aufklärungen zu geben, die zur Selbstständigkeitserklärung des Bezirkes Bilk und Zoo geführt haben, sieht sich der provisorische Vorstand veranlaßt, diese folgenden Erklärungen mit Fragebogen den Mitgliedern zu unterbreiten.

Allen Mitgliedern wird wohl noch der letzte große Metallarbeiterstreik hier in Düsseldorf in unfreundlicher Erinnerung sein. Zu dieser Zeit wurde ein Beitrag von 3 Mk. (Anmerkung: 3 Mark) erhoben und eine Streikunterstützung von 90 Mk. per Woche bezahlt, inklusive Ausgabe für „Syndikalist" und „Schöpfung".

Mit welchen Schwierigkeiten es bei dem damaligen Streik und den derzeitigen Unterstützungssätzen verbunden war, den im Streik stehenden Kollegen die 90 Mk. pro Woche auszuzahlen, können wohl nur die Kassierer und die Kollegen, die die Solidaritätsgelder zusammenbettelten, richtig beurteilen.

Wie steht es heute in der Fr. A. U. D. in Düsseldorf?

Heute zahlen die Mitglieder 10 Mk. pro Woche. Der „Syndikalist" und die „Schöpfung" benötigen von den 10 Mk. ungefähr die Hälfte pro Woche an Herstellungskosten.

Nach statutarischen Sätze steht den Mitgliedern rechtskräftig der fünffache Wochenbeitrag als tägliche Streikunterstützung zu. 5 x 10 = 50 x 6 ist 300 Mk. pro Woche.

Was wollen die Mitglieder bei einem großen Streik von längerer Dauer mit dieser Geldsumme in der heutigen Zeit anfangen?

Hier käme nur in Frage: Erhöhung der Beiträge in Höhe eines halben Wochenlohnes pro Jahr; umgerechnet nach dem heutigen Verdienst etwa 20-30 MK. pro Mitglied und Woche an Beitragsleistung.

Dementsprechend als Streikunterstützung 600 – 900 Mk. pro Woche.

Angenommen das letztere wird eingeführt.

Bräche nun hier in Düsseldorf wieder ein Streik aus, wie im vergangenen Jahre, so müßte bei einem Mitgliederbestande der im Streik stehenden Metallarbeiter von angenommenen 3000 Mann und einer Auszahlung vom 600 Mk. pro Woche 1.800.000 Mk. ausgezahlt werden und bei 900 Mk. 2.700.000 Mk. die zu zahlende Streikunterstützung betragen?

Oder angenommen - der Zeitpunkt ist ja auch nicht mehr so fern – wo wir Arbeiter und Zahltage als Millionäre die Fabrik verlassen, dann würde nach dem statutarischen Pflichtbeitrag die auszuzahlende Streikunterstützung für die 3000 Metallarbeiter der Fr. A. U. D. 900.000.000 Mk. pro Woche betragen. Da wird die nächste fliegende Kolonne zum Einsammeln von Solidaritätsgelder sich schon eines Luftschiffes bedienen und auf den Planeten des Mars oder Jupiters eine Anleihe aufnehmen müssen, denn bei den Millionärs-Proleten wird dann noch weniger zu holen sein, wie im vergangenen Jahre.

Was sollten daher die aufgeklärte Arbeiter in der Fr. A. U. D. tun, um andere Wege und Mittel ausfindig zu machen?

Um den kommenden Verelendungszuständen des Proletariats einen Damm entgegen zu setzen?

Wir richten nun an unsere Kollegen nebst ihren Frauen folgende Fragen zur Beantwortung, die wir von beiden Ehegatten unterschrieben zurück erbitten möchten.

Seid ihr bereit, als vorläufig festgesetzten Satz für die weitere Aufklärung des werktätigen Volkes in Wort, Schrift oder Bild einen wöchentlichen Beitrag von 15 Mk., zu zahlen.
Dieser Satz ist nur von dem Manne zu entrichten. Frauen, Kinder unter 16 Jahre, Kranke und Greise dieser Familie werden ohne Beitragszahlung als Organisationsangehörige betrachtet.

Seid ihr bereit, im Sinne unserer Auffassung der Zusammengehörigkeit aller schaffenden Menschen bei Streiks, Aussperrungen, sowie der weiteren täglichen Bedrängnisse der schaffenden Menschen, die gegenseitige Hilfe der direkten Aktion anzuwenden?

Durch folgendes:

1. Die Kinder der streikenden Kollegen für die Dauer des Streiks in Pflege zu nehmen?
2. Bei längerer Streikdauer auch den Kollegen samt seiner Frau in Pflege zu nehmen?
3. Jede geeignete Aktion zu unternehmen, um die streikenden Kollegen mit der Tat zu unterstützen?

4.

Seid ihr bereit, für Eure eigene Sicherstellung des Lebensunterhalts bei einem Streik oder Generalstreik Euch einen eisernen Bestand an Lebensmittel anzulegen, der eventuell durch größeren Gesamteinkauf der Mitglieder beschafft werden könnte?

Seid ihr bereit, nicht nur zahlende Mitglieder, sondern tatkräftige Genossen und Genossinnen zu sein, die gerne ihre Freistunden in den Dienst für die große Aufgabe der Volksaufklärung stellen, zum Wohle aller schaffenden Menschen?

Seid ihr bereit, zur Einigkeit des Proletariats die Betriebsorganisation, aufgebaut auf dem Rätesystem verbunden in Industrieföderationen zu propagieren?

Seid ihr bereit, Euch gegen die schamlose Ausbeutung und Bewucherun als Rebellen zu betätigen und mit Überlegung eine zielbewußte Aktion gegen die weitere Verelendung des schaffenden Volkes zu unternehmen?

Seid ihr bereit, diese Frage mit uns zu besprechen, so besucht alle unsere Veranstaltungen und beratet und helft weiter mit uns, für uns und unserer Kinder und Nachkommen eine andere Gesellschaftsform zu erringen?

Die obigen Fragen sind mit Fragebogen bei Neuaufnahmen als Aufnahmeschein dem Aufzunehmenden zur Beantwortung vorzulegen. Die Nichtzugehörigkeit des Aufzunehmenden in den Parteien, den Kirchen und bürgerlichen Klimbimvereinen soll für alle unsere Mitglieder eine Selbstverständlichkeit sein.

Mit kameradschaftlichen Gruß

Fritz Trobitz Heinrich Evertz
Düsseldorf, Konkordiastr. 98

PS. Alle Interessenten an den obigen Bestrebungen und ... im In- wie Ausland, solidarisch ersucht, sich mit der angegebenen Adresse in Korrespondenz-Verbindung zu treten.

Dies ist eine Seite des Artikel den mein Opa geschrieben hatte.

Letztendlich war dies ein ungleicher Kampf, da die damaligen Interessen irgendwo anders lagen.

Vielleicht lag es auch daran, dass der Einzelne nicht mehr nachdachte, über das, was hier im Gange war.

Kommen wir heute auch in einer solchen Zeit hinein, wo uns „Fake - News" glauben machen wollen, dass alles so sein muss und wir nehmen dies einfach kommentarlos hin? Wo bleibt unser kritischer Geist? Oder hören wir nur noch auf den, der am lautesten schreit?

Ganz aktuell kann man dies heute in der „Corona-Krise“ ebenfalls beobachten!

Diese Entwicklung sollte uns zu denken geben!

Wie erlebte sie ihre Jugendzeit?

Aus den zahlreichen Erzählungen meiner Mutter weiß ich noch folgendes:

Sie wuchs in einem behüteten Elternhaus auf. Man hatte keine Reichtümer und die Sorge um das tägliche Brot bestand eine lange Zeit. Mit den Jahren wurde die Lage besser und üppiger. Diese Jahre nannte man auch die "goldenen Zwanziger Jahre". Es gab wieder mehr zu essen und die Auswahl der Produkte nahm zu. Selbst auch die Genussmittel gab es wieder zu zivilen Preisen.

Trotz aller Zuversicht war dies nur eine Phase der relativen, aber nicht der absoluten Stabilisierung.

Die Parteien fühlten sich weniger dem Allgemeinwohl als vielmehr ihrer Klientel oder dem eigenen Erfolg verpflichtet. Die Weichen für die Wirtschaftskrise wurden in diesen Jahren gelegt.

Diese Wirtschaftskrise 1929 wurde zum ersten wirklich einschneidenden Erlebnis meiner Mutter. Plötzlich änderte sich alles.

Firmen gingen pleite, viele Arbeiter standen plötzlich auf der Straße.
Das Geld wurde knapp und die Unzufriedenheit nahm zu.
Die zahlreichen Notprogramme der Regierungen packten nicht. Zu dieser Zeit ging sie gerade zur Schule und lernte die Grundbegriffe des ABC ´s und des Einmaleins. In ihrem Umfeld bemerkte sie eine große Unruhe. Konnte dies aber noch nicht so recht einordnen, was damals geschah. Auch bei ihren Vater bemerkte sie eine Veränderung. Er war nicht mehr so aktiv in seiner gewerkschaftlichen Arbeit.
Er agierte immer vorsichtiger. Dennoch versuchten sie gemeinsam mit ihrer kleinen Familie über die Runden zu kommen, was jedoch aufgrund der wirtschaftlichen Lage doch recht beschwerlich war. Gemeinsam mit seinem „Onkel" Franz versuchte er sein kleines Unternehmen durch diese unruhige Zeit zu steuern, was ihm unter den größten Anstrengungen auch gelang.

Allerdings ließ die politische Lage und die Not der Bevölkerung keine großen Sprünge zu.

Zum Glück gab der kleine Garten am Haus einiges an Gemüse her und man konnte die Tafel durch diese zusätzlich gewonnenen Pflanzen bereichern.

Durch den Machtwechsel wurde die Lage leicht verbessert, aber das Misstrauen zu den Menschen wurde immer problematischer. Man wusste nie wo man dran war.
In dieser turbulenten Zeit machte meine Mutter ihren Schulabschluss und begann eine Ausbildung als OP-Schwester beim Deutschen Roten Kreuz.
Diese Jahre waren nicht einfach und es wurde viel verlangt und ihr Vater drängte sie dazu, in ihrem Fleiß nicht nachzulassen.

Sein Leitspruch war:

„Wissen ist Macht"

Große Freizeitvergnügen gab es nicht. In Düsseldorf fand die GeSoLei statt. Eine Messe für Gesundheit, Soziales und Leibesübungen.

Auf ihr fuhren die ersten Auto - Scooter auf einem Rummelplatz. Die Mode veränderte sich.
Der Sport wurde zum Vergnügen der Massen. So genannte Flugtage wurden zum Renner. Ruderregatten, Autorennen, Turnfeste und Sechstagerennen zogen mehr Menschen an, als alle anderen Veranstaltungen.

Auch der Film zog vermehrt die Massen an.
Aber auch das Radio eroberte die Menschen. Man nahm am Weltgeschehen teil, man war dabei!
Oper, Operetten, Musiksendungen, Autorenlesungen und Hörspiele erfreuten sich großer Beliebtheit.

Dies änderte sich aber nach 1933 schlagartig. Dieses Medium wurde für die Propaganda der herrschenden Partei benutzt.
So stand bei ihr Morgens Schule und Ausbildung auf dem Plan und am Nachmittag ging es zum Sport zur körperlichen Ertüchtigung. Oder es ging zur Weiterbildung in die Hauswirtschaft. So waren die Tage in der Woche, dazu gehörte auch der Samstag, mehr als ausgefüllt.

Der freie Sonntag gehörte der Familie und hier waren auch ihre neu erworbenen hauswirtschaftlichen Erkenntnisse gefragt. Viel an Abwechslung gab es in dieser Zeit nicht, außer die Verwandtschaft kam mal zu Besuch. Da wurde gebacken und Kuchen kam auf den Tisch und wenn dann ihr Vater und der Schwager aufspielten, dann kam Leben in die Bude und man vergaß die schweren Stunden, die der Alltag mit sich brachte.

Für sie waren diese Tage immer kleine Highlights im stressigen Alltag.

Der nächste große Einschnitt in ihrem Leben war der Kriegsausbruch 1939. Meine Mutter war damals gerade 16 Jahre alt und noch in ihrer Ausbildung. 1940 wurde sie unvermittelt, gerade fertig, als OP-Schwester zum Kriegseinsatz in einem Feldlazarett an die Westfront gerufen. Hier lernte sie den Schrecken eines Krieges kennen. Viele junge Soldaten sah sie mit schrecklichen Wunden sterben. Eine hohe Anzahl blieben für ihr späteres Leben auf Dauer gezeichnet. Manch einer war so verzweifelt und verbittert, dass er keinen Ausweg mehr sah, als sich selbst zu töten.

Dieses Leid und die vielen Schicksale die sie hautnah miterlebte, blieben in ihrem Gedächtnis bleibend haften.
Bei einem feindlichen Fliegerangriff auf das Feldlazarett des Roten Kreuzes wurde meine Mutter durch Granatsplitter schwer verletzt.
Nach der Zerstörung des Feldlazarettes wurde sie von der Front abgezogen und kehrte zur Genesung in ihre Heimatstadt nach Düsseldorf zurück.
Dort arbeitete sie nach dem Auskurieren ihrer Verletzungen wieder in einem Krankenhaus, wo Front-Verletzte ihrer Genesung entgegen strebten.

Blick aus dem Lazarettgebäude

Oft erfuhr sie später von den Angehörigen, dass ihr Patient, den sie wieder gesund gepflegt hatte, zwei Tage nach seinem ersten Einsatz, nach seiner Gesundung, an der Front im Osten oder im Westen gefallen war.

Vor der Lazarettstelle in Düsseldorf

Dies war auch ihr selbst widerfahren. Ein sehr netter junger Mann machte ihr nach seiner Genesung seine Aufwartung. Aber er wurde wieder zu seiner Einheit an die Front gerufen. Keine vierzehn Tage später erhielt sie die traurige Nachricht, dass er gefallen war.

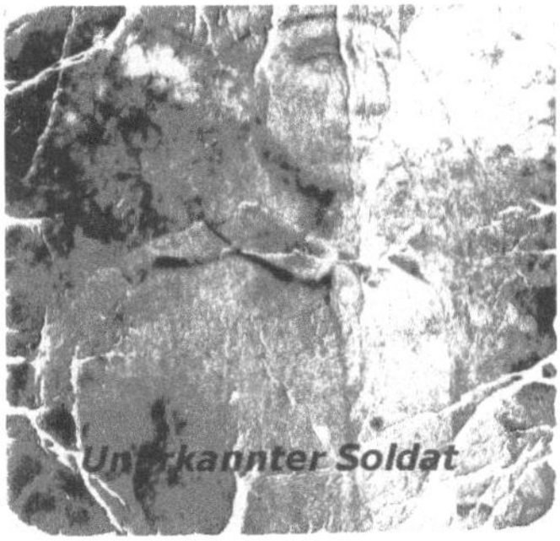

Dieses, fast mittlerweile schwarze Bild, fand ich in den Unterlagen meiner Mutter.

Da fragte man sich oft nach dem Sinn des Krieges.
Zumindest konnte sie so alle 14 Tage nach Hause kommen und ihre Eltern sehen. Ansonsten wohnte sie in einem Schwesterheim nahe dem Krankenhaus, wo sie tätig war. So konnte sie jederzeit zum Einsatz gerufen werden.
In dieser Zeit sah sie sehr viel Leid durch ihre Hände gehen. Sie sah viele junge Männer kommen und sterben.

Lagerleitung

Es war eine Zeit mit traumatischen Erlebnissen und ein Ende war noch nicht abzusehen.

Man hörte auch zahlreiche Aussagen von Soldaten, die aber mit den Mitteilungen aus dem Radio nicht übereinstimmten.

Gerade in den Jahren 1943 und 1944 fiel ihr dies besonders auf, als sich die Informationen der Frontsoldaten ganz anders anhörten, als das, was der Radiosender verbreitet hatte.

Die Frontsoldaten berichteten von Schlachten die verloren waren, während viele in der Bevölkerung an die Siege glaubten, die im Radio oder im Kino verbreitet wurden.
So war auch die Bevölkerung gespalten, die einen waren euphorisch von den "Erfolgen" an der Front und wollten nicht glauben, was die Soldaten von der Front erzählten und taten diese als Spinner ab. Die anderen sahen die Lage eher nüchtern und hatten die Schwere der Lage erkannt.

Ein Vergleich mit unserer heutigen Corona-Krise ist hier nicht so abwegig!

So lebte man immer zwischen Hoffen und Bangen.

Dann kam das Jahr 1945, dass so viel veränderte.

Dezember 1944

Betrachtung

Wir schreiben den 31.12. 1944. Da wurde, wie so oft, ein kleiner Rückblick gehalten.

Die Entwicklung sah beklemmend aus. Die Nachrichten von den verschiedenen Kriegsfronten im Westen und Osten gaben keinen Anlass zur Freude.
Eher konnte man das Gegenteil annehmen, obwohl die Radiomeldungen der deutschen Reichsregierung den Menschen etwas anderes vorgaukelten. Manch einer stellte sich die Frage, ob dies alles noch seinen Sinn, seine Berechtigung hatte.
In dieser Zeit konnte man sehen und hören, wie die Menschen manipuliert worden.
Allen Durchhalteparolen zum Trotz, sagte einem der gesunde Menschenverstand, dass dieser Krieg verloren sei.
Wenn man auf die letzten 25 Jahre zurückschaute, dann hatte das Leben in dieser Zeit einem zahlreiche Höhen und Tiefen beschert.

Zuerst den ersten Weltkrieg, den man als Verlierer beendet hatte und der Verlust der wichtigsten Jahre im Leben eines Mannes, wo er die Basis legt für sein späteres Leben.

Dann die entbehrungsreichen Jahre nach diesem Krieg, die später zu den "goldenen Zwanziger" aufstiegen.
Dann kam der Zusammenbruch an der Weltbörse, der eine fatale Wirtschaftskrise auslöste und viele Arbeiter arbeitslos machte.
Die Zahlen der Arbeitslosen stieg innerhalb einer kurzen Zeit auf mehrere Millionen. Mit der Weltwirtschaftskrise wurde auch die Weimarer Republik beendet und der Aufstieg von Hitler begann.

Aber auch diese Zeiten waren unruhig und geprägt von Misstrauen und Angst. Die weiteren Entwicklungen verhießen nichts Gutes, was sich ja auch in den letzten Jahren bestätigt hatte.

Ja, was wird das neue Jahr uns bringen? Wie werden sich die Ereignisse auf den Schlachtfeldern auswirken auf unser Leben?

Dabei wurden ja schon sehr junge "Männer", um nicht zu sagen "Kinder" für den „Endkampf" eingezogen.

Aber auch vor den alten Kriegsveteranen wurde kein Halt gemacht.

Wo sollte dies noch alles hinführen?

Man konnte es regelrecht mit der Angst zu tun bekommen.

Auch die täglichen Bombardierungen der deutschen Städte durch die Kriegsgegner schürten die Angst weiter.
Überall machten sich Elend, Trauer und Verzweiflung breit. Der tägliche Kampf um das Überleben zehrte an den Kräften.

Auch mein Opa hatte schon zu dieser Zeit seinen Einberufungsbefehl in der Tasche. Jetzt wurde man als Veteran noch einmal herangezogen. Was erwartet mich jetzt an der Front, wenn man an die Grabenkämpfe in Frankreich 1917/18 zurückdenkt.

Viele Gedanken kreisten in seinem Kopf umher.

Was wird aus der Familie?

Was wird mit meiner Tochter, die als junge Rot-Kreuz-Schwester ihren Dienst leistete?

Was wird mit dem ungeborenen Kind, dass meine Frau unter ihrem Herzen trägt? In drei oder 4 Wochen sollte sie niederkommen.

Ein innerer Schauer machte sich breit und nur widerwillig freute man sich auf das neue Jahr. Man hatte ganz einfach Angst um sein Leben.

Noch einmal holte mein Opa seine Geige hervor und spielte ein paar Lieder. Sie klangen irgendwie traurig.

Ahnte er schon etwas?

Anfang Januar 1945

Wie gesagt, mein Opa hatte schon seinen Einberufungsbefehl in der Tasche. Es sollte zuerst in den Raum Minden gehen, dort wo eine neue Einheit gebildet wurde. Der weitere Weg führte dann über den Raum Neuss in den Raum Köln.

Dort stand die Westfront stark unter den schweren Angriffen der amerikanischen Truppen. Vermutlich machte er die Kämpfe im Hürtgenwald und in den Ardennen mit.

Seine letzten Nachrichten erhielt meine Mutter per Feldpostkarten, die hier nachstehend aufgeführt sind.

In einem Gespräch erzählte mir meine Mutter einmal, wie sie Silvester 1944 erlebte und mit welchen Gedanken sie in das neue Jahr 1945 gingen.

Erinnerungen seiner Tochter, meiner Mutter

Als er 1937 noch einmal von der Gestapo zu einem Verhör verhaftet wurde, war mir in diesem Moment bewusst geworden, dass mein Vater seine Aktivitäten in der F.A.U.D einstellen muss, wenn er bzw. wir überleben wollten.

Schweren Herzen nahm er Abschied von seiner Arbeit in der F.A.U.D. Aber so ganz wollte er nicht klein begeben, in dem Kampf zu einer freien Arbeiterschaft. Also arbeitete er in dieser Zeit mehr im Untergrund. Musste dabei aber immer sehr vorsichtig sein, um nicht einem Verrat zum Opfer zu fallen, wie viele seiner Genossen.
Aber bereits schon zu dieser Zeit war meinem Vater klar geworden, dass ein Krieg nicht mehr weit entfernt sein könnte. Keine zwei Jahre später ging es los.

Trotz der ersten Erfolge im Westen und im Osten und der großen Euphorie im Volke sah mein Vater schon das bittere Ende auf uns zu kommen.

Er sagte damals einmal zu mir. „Weiß du meine geliebte Tochter, dieser Krieg wird viele schreckliche Wunden reißen.

Auch wir werden ihn hautnah erleben!

Ob wir jemals noch einmal friedlich alle zusammen leben können, steht in den Sternen.“

Mein Vater sollte recht behalten!

Ich wurde als OP-Schwester abkommandiert nach Frankreich an die Front. Dort sah ich sehr viel Leid. Viele junge Soldaten gingen einfach so weg, bevor wir ihnen helfen konnten. Viele kämpften noch jahrzehntelang mit ihren schweren Verletzungen. Viele waren regelrecht traumatisiert von den schrecklichen Ereignissen, die sie an der Front erleben mussten.
Bei einem Angriff auf unserem Lazarett-Lager wurde ich durch Granatsplitter schwer verletzt. Nach einer kurzen Phase der Erholung, untergebracht in einer provisorischen Baracke, wurde ich in die Heimat zurück beordert und kam wieder nach Düsseldorf zurück.

Dort wurde ich zu einem Lazarett beordert, wo wir dann die Soldaten wieder soweit „herstellten", dass sie wieder an die Front geschickt werden konnten. Von manch einem erfuhr man, dass er bei seinen ersten, erneuten Einsatz an der Front gefallen war.

Dies war schon eine starke, seelische Belastung für uns Schwestern, die alles versuchten, trotz zum Teil erheblichen Mangel, der in den Jahren 1944 und 1945 immer weiter zunahm, den jungen verletzten Soldaten zu helfen. Es gab viele tragische Schicksale!

Aber noch war mein Vater zu Hause und versuchte uns über die Runden zu bringen, was in diesen Jahren nicht gerade einfach war. Dazu kamen die ersten Bombenangriffe, die über die Stadt geflogen wurden.
Als dann im Dezember, kurz vor Weihnachten, der Einberufsbefehl für meinen Vater kam, bekam ich zum ersten Mal Angst um meinen Vater. Silvester stand mein Vater am Küchenfenster und schaute in den dunklen Nachthimmel hinaus. Er war sehr nachdenklich, als ich ihn dort so stehen sah.

Er sagte mit leiser Stimme zu mir:

„Was wird uns dieses Jahr bringen?"

„Wird alles mit deiner Mutter gut gehen?"

Sie steht ja kurz vor der Geburt unseres zweiten Kindes, deines kleinen Schwesterchen.

„Was mir aber viel größere Sorgen macht, ist dieser verdammte Krieg."

Die Lage im Osten und im Westen ist mehr als kritisch. Was wird werden, wenn die Fronten zusammenbrechen? Und du kannst mir glauben, sie werden zusammenbrechen! Dafür haben wir zu viele Soldaten und Material verloren. Dies werden wir nicht ersetzen können, auch wenn man jetzt noch verzweifelt versucht, die Alten und die ganz Jungen in den sinnlosen Kampf zu werfen.

Wie viel Leid soll denn noch auf uns herab prasseln. Wie viele sollen noch ihr Leben lassen, sei es an der Front oder in der Heimat?

Und in Berlin haben sie auf die Frage:

„Wollt ihr den totalen Krieg?"

begeistert mit

„Ja"

geschrien, ohne an die Folgen zu denken, was dies für uns bedeutet.

Ja, manchmal ist der Mensch geblendet und sieht einfach die Realität nicht.

„Vater ich habe Angst um dich!"

„Meine Tochter, ich werde schon auf mich aufpassen, aber das wichtigste ist, dass du auf die Mutter aufpasst, dass mit ihr alles klar geht. Bitte sorge dafür, denn ich weiß, dass ich mich auf dich verlassen kann!"

„Weiß du mein Kind, dass Schicksal liegt nicht in unserer Hand und was auf uns noch zukommt, dass weiß heute keiner!"

Wir haben dann noch einmal auf das neue Jahr angestoßen. Es sollte das letzte Mal sein!

Am 6. Januar musste mein Vater zuerst nach Minden zu seiner Einheit, zu dem Grenadier – Ersatz - und Ausbildung - Bataillon 159.

Von dort erhielt ich die erste Feldpostkarte von meinem Vater, abgestempelt am 21.1.1945 in Minden. Die zweite Karte folgte am 7.2.1945 abgestempelt in Neuss, also vor den Toren von Düsseldorf, am 10.2.1945 folgte die letzte Karte von meinem über alles geliebten Vater, sie wurde am 10.2.1945 in Köln gestempelt. Dies war auch gleich das letzte Lebenszeichen von meinem Vater, soweit meine Mutter.

Die erste Karte von den letzten drei Lebenszeichen ihres Vater und meinem Opa:

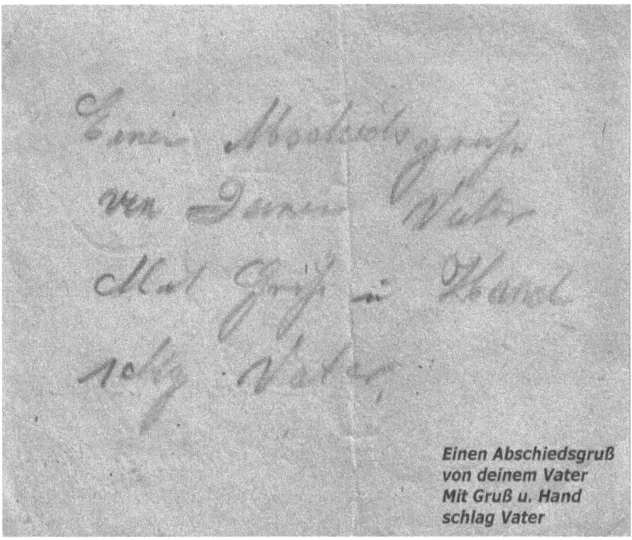

Einen Abschiedsgruß
von deinem Vater
Mit Gruß u. Hand
schlag Vater

Zwischen der ersten und der zweiten Karte wurde das Schwesterchen Ulrike meiner Mutter geboren und mein Opa wurde zum zweiten Male Vater.

Aber eine Nachricht hatte ihn bis zur zweiten Karte noch nicht erreicht.

Die zweite Karte:

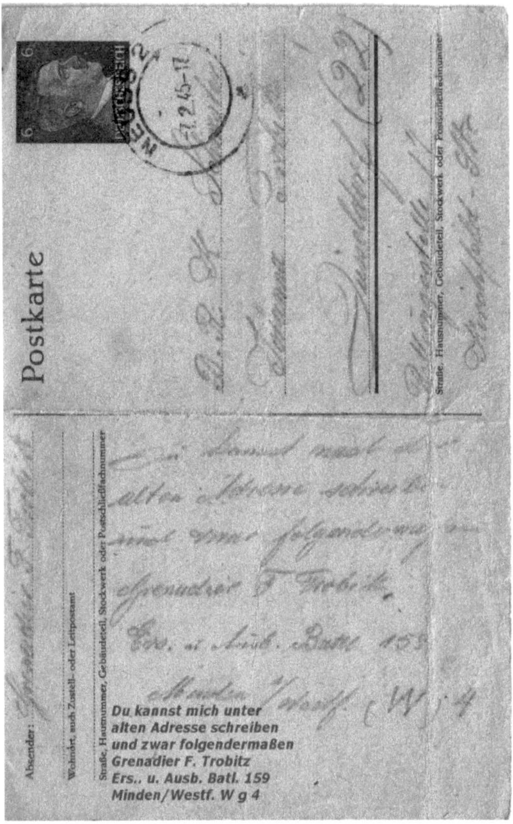
Postkarte

Absender:

Wohnort, auch Zustell- oder Leitpostamt

Straße, Hausnummer, Gebäudeteil, Stockwerk oder Postschließfachnummer

Du kannst mich unter
alten Adresse schreiben
und zwar folgendermaßen
Grenadier F. Trobitz
Ers.. u. Ausb. Batl. 159
Minden/Westf. W g 4

In dieser Karte bekam meine Mutter noch eine Ermahnung mit auf den Weg, gut auf ihre Mutter aufzupassen.

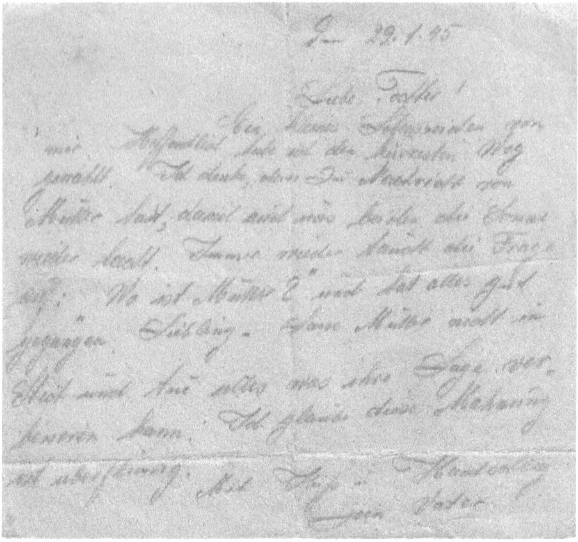

Liebe Tochter
in kleines Lebenszeichen von mir.
Hoffentlich habe ich den kürzsten Weg
gewählt. Ich glaube, das du Nachricht
von Mutter hast, damit auch uns
beiden die Sonne wieder lacht.

Immer wieder kommt die Frage auf:
Wo ist Mutter? Und hat alles
gut gegangen?
Liebling - lasse deine Mutter
nicht im Stich und tue
alles was ihre Lage verbessern kann.
Ich glaube diese Mahnung ist überflüssig.
Mit Gruß u. Handschlag
Dein Vater

Text:

Liebe Tochter, ein kleines Lebenszeichen von mir. Hoffentlich habe ich den kürzesten Weg gewählt.

Ich glaube, das du Nachricht von Mutter hast, damit auch uns beiden die Sonne wieder scheint.

Immer wieder kommt die Frage auf. Wo ist Mutter? Und hat alles gut gegangen?
Liebling – lasse deine Mutter nicht im Stich und tue alles, was ihre Lage verbessern. Ich glaube diese Mahnung ist überflüssig.

Mit Gruß und Handschlag
Dein Vater

Seine letzte Karte und Nachricht:

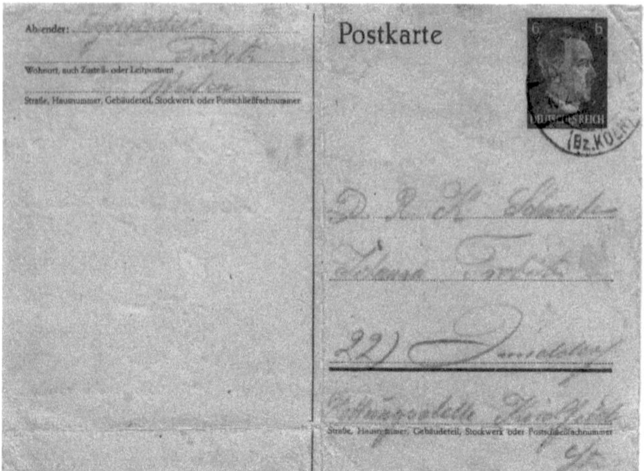

Letzte Karte

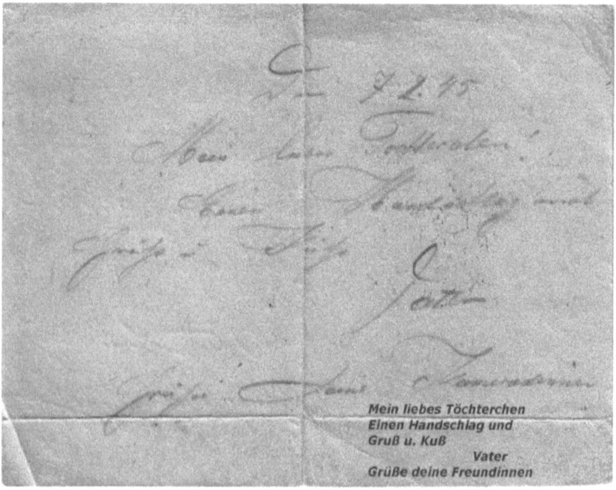

Mein liebes Töchterchen
Einen Handschlag und
Gruß u. Kuß
Vater
Grüße deine Freundinnen

Text:

Mein liebes Töchterchen
Einen Handschlag und Gruß und Kuss
Vater
Grüße deine Kameradinnen

Der 19.2.1945

Hier lasse ich meine Mutter noch einmal zu Wort kommen. In einem Gespräch erzählte sie mir, wie es ihr ging, als sie die Nachricht vom Tod ihres Vaters erhielt.

„Als ich die Nachricht erhielt, dass mein geliebter Vater gefallen war, brach in mir eine Welt zusammen. In diesem Moment kam vieles zusammen. Im Westen begannen die letzten Kämpfe, im Osten kamen immer weitere Meldungen von Niederlagen im Radio.
Im Lazarett kamen immer mehr junge Soldaten an, die gesund gepflegt wurden, um wieder halb genesen an die Front geschickt zu werden.
Von manch einem erhielt man die Nachricht, dass er gefallen sei, keine drei Tage nach seiner Entlassung.

Dann hatte meine Mutter in diesen Wirren ihr zweites Kind zur Welt gebracht, also meine Schwester, die aber ihren Vater niemals sehen würde.

Jetzt liegt mein geliebter Vater in fremder Erde, recht weit von uns entfernt auf einem Soldatenfriedhof.

Nie wieder wird seine Hand mich berühren können.

Nie wieder werde ich seine Stimme hören können.

Nie wieder werde ich seinen Worten lauschen können.

Nie wieder werde ich ihn auf seiner Geige spielen sehen und hören können.

Mit ihm habe ich meinen wichtigsten Menschen in meinem noch jungen Leben verloren.
Meine Mutter hatte gerade in Thüringen ihr zweites Kind, meine kleine Schwester, zur Welt gebracht und stand jetzt ohne Mann da.
Nur unter großen Mühen fand sie den Weg aus Thüringen zurück nach Düsseldorf.
Nun standen wir nach Ende des Krieges mit einem Baby vor den Trümmern unserer Existenz und mussten wieder ganz von vorne anfangen.

Aber was ist mir geblieben von meinem Vater?

Ein paar alte Bilder, seine letzten drei Nachrichten, die er mir noch geschrieben hatte, nachdem man ihn eingezogen hatte und ein altes Bildbuch aus dem ersten Weltkrieg.
Mehr ist mir nicht mehr geblieben, außer die Erinnerung an einem außergewöhnlichen Menschen, einem liebevollen, aber auch strengen Vater.

Einer der fleißig war und sich daneben her auch noch für die Geschicke der Arbeiter einsetzte, um ihre Lage in der Arbeitswelt zu verbessern. Der deswegen verfolgt wurde und nur noch im Stillen wirken konnte.
Einer, für den die Bildung und Ausbildung sehr wichtig war und uns dazu immerzu anhielt, dass Wissen Macht heißt.
Jemand, der es verstand, wenn die Zeit dafür reif war, gerne auf seine Geige aufspielte und für Stimmung sorgte.

Diese Erinnerung an meinem Vater bleibt für immer in meinem Herzen drin, auch wenn mir diese Erinnerung immer wieder Tränen in meine Augen treibt.

Erinnerungen von meiner Mutter.

Meine Mutter starb 47 Jahre später, übrigens an dem gleichen Tag wie ihr geliebter Vater damals gefallen war!

Original-Auszug aus einer Mitteilung vom 28.05.1946

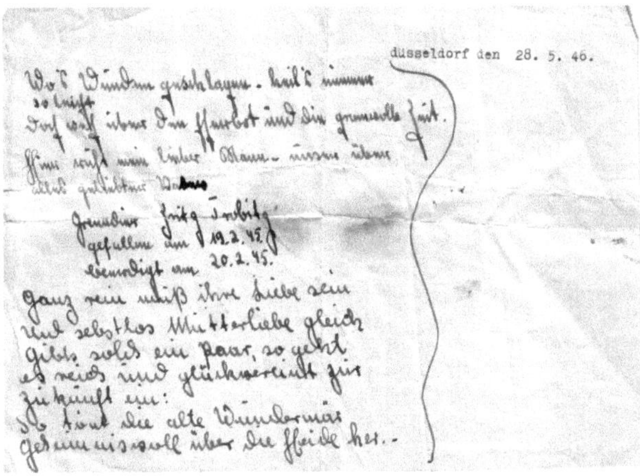

düsseldorf den 28. 5. 46.

Wo Wunden geschlagen.. heil's nimmer so leicht
Das was über den Herbst und die grauenvolle Zeit.
Hier ruft mein lieber Mann - unser über alles geliebter Vater
[illegible]
gefallen am 19.2.45
beerdigt am 20.2.45.
Ganz rein muß ihre Liebe sein
und selbstlos Mutterliebe gleich
gibt's solch ein Paar, so geht
es reich und glückverheißend zur
Zukunft ein:
So tönt die alte Wundermär
geheimnisvoll über die Heide her..

Wo Wunden geschlagen... heil`s nimmer so leicht.
Das was über den Herbst und die grauenvolle Zeit
Hier ruft mein lieber Mann, unser über alles geliebter Vater

Grenadier Friedrich (Fritz) Trobitz
gefallen am: 19.02.1945
beerdigt am: 20.02.1945

Ganz rein muss ihre Liebe sein
und selbstlos Mutterliebe gleich,
gibt' s solch ein Paar, so geht
es reich und glückvereint zur Zukunft ein.

So tönt die alte Wandermär geheimnisvoll
über die Fläche her.

19.2.1949 - Vier Jahre später.

In den alten Unterlagen fand ich auch folgendes Blatt Papier:

Es ist ein einfaches Blatt Papier, mittlerweile dunkel gefärbt, mit einer kurzen Notiz von meiner Mutter beschrieben:

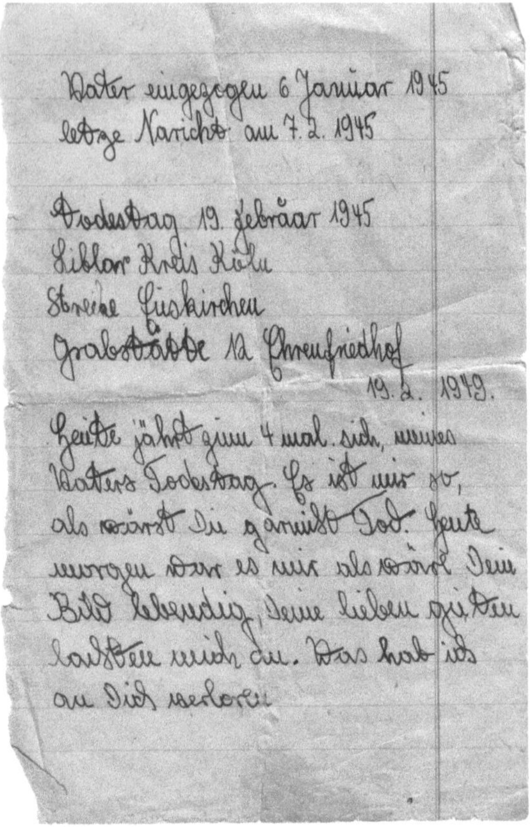
Vater eingezogen 6 Januar 1945
letzte Naricht am 7.2.1945

Todestag 19. Febrüar 1945
Liblar Kreis Köln
Strecke Euskirchen
Grabstätte 1a Ehrenfriedhof

19.2.1949.
Heute jährt zum 4 mal. sich, meines Vaters Todestag. Es ist mir so, als wärst Du garnicht Tod. Heute morgen war es mir als wäre Dein Bild lebendig, Deine lieben guten lachten mich an. Was hab ich an Dich verloren

"Vater eingezogen 6. Januar 1945
Letzte Nachricht vom 7.2.1945
Todestag 19. Februar 1945
Liblar, Kreis Köln
Strecke Euskirchen
Grabstätte Ehrenfriedhof

„Heute jährt zum 4. Mal sich meines
Vaters Todestag. Es ist mir so,
als wärst Du gar nicht tot. Heute
Morgen war es mir, als wäre Dein
Bild lebendig, Deine lieben guten
Augen lachten mich an.
Was habe ich an Dich verloren?“

Diese Zeilen schrieb meine Mutter im Alter von 25 Jahren. Wie sehr musste sie ihren Vater geliebt haben und welchen Verlust musste sie ertragen?

Sehr oft, ich kann mich noch sehr gut daran erinnern, bin ich in jungen Jahren mit meinen Eltern zu dem Grab von meinem Opa in die Voreifel gefahren. Später, als ich selbst den Führerschein hatte, bin ich noch oft mit meiner Mutter dorthin gefahren. Meist an einem Karfreitag.
Als meine Eltern Anfang der Neunziger Jahre verstarben, habe ich diese Tradition weitergeführt und habe das Grab meines Opas sehr oft besucht.

Oft saß ich dort auf einer Bank und hatte über die Zeit nachgedacht, die mein Opa miterlebte:

„Was hätte mein Opa mir alles über diese Zeiten erzählen können?"

„Was hätte er mir über sein Leben, seine Ängste, seine Wünsche, seine Werte, seine Erfahrungen erzählen können?"

Vielleicht hätte ich heute noch einen besseren Einblick über diese Zeit, als vieles aus verschiedenen Quellen zu lesen.

Obwohl ich dabei bin, einen Rückblick auf das Leben meines Opas zu werfen, komme ich nicht umher, einen Vergleich zwischen damals und heute anzustellen.
Nach dem ersten Weltkrieg marschierte der Fortschritt mit rasanten Schritten weiter, getreu dem Motto unserer heutigen Zeit:

Immer höher, weiter und schneller

Genau diese Entwicklung machte damals dem einfachen Bürger und Arbeiter zu schaffen. Obwohl die Wirtschaft in Fahrt kam, hatte der normale, einfache Bürger das bange Gefühl, dass er von der Entwicklung abgekoppelt sei und nur einige, wenige das große Geld machten.

Man war einfach unzufrieden!

Dazu kamen die rasanten Entwicklungen im Maschinenbau, in der Luftfahrt, im Schiffsbau, bei der Bahn, beim Automobil und, und...!

Dabei haben wir heute eine ähnliche Situation, wie damals, aber unsere Schreckgespenster heißen heute Digitalisierung und Umweltschutz.
Dabei stellt sich jedem vernünftigen Betrachter der Lage die Frage:

„Gehen wir heute den gleichen Weg wie damals?"

Die heutige Lage ist der von damals sehr ähnlich! Und dies bereitet mir große Sorgen.

Der Mensch ist nur ein winziges Teil, ein funktionierendes Rädchen in unserer globalen Wirtschaft, wo nur noch die nackten Zahlen regieren. Schon damals sah mein Opa diese Gefahren und versuchte dagegen anzugehen. Auch damals regierte das Geld und wenn dies nicht mehr stimmte, dann mussten halt eben tausende Arbeitnehmer ihren Hut nehmen und gehen.

Da die Unternehmerschaft oder sollte man lieber das Management sagen, welches seine Mitarbeiter nur als Spielball seiner Gewinne betrachtet, die sie brauchen, um ihre Aktionäre zufrieden zu stellen.

Das soziale Gewissen und die Fürsorge für seine Mitarbeiter ist damit leider auf der Strecke geblieben!

Dabei wird oft vergessen, dass die Mitarbeiter eigentlich das größte Kapital einer Firma sind und dieses gefördert werden soll, um sich den neuen Bedingungen in den Entwicklungen stellen zu können.

Die ersten großen Unternehmer-Persönlichkeiten haben dies schon sehr früh erkannt und haben für ihre Mitarbeiter Bedingungen geschaffen, von denen wir heute nur noch träumen können.
Da wurden für die Mitarbeiter und ihren Familien eines Werkes Häuser und Wohnungen gebaut. Ja, ganze Siedlungen entstanden so.
Auch die Nachwuchsbildung war gesichert. Da arbeiteten ganze Generationen einer Familie bei dem Unternehmen. Damit blieb auch viel Fachwissen in dem Unternehmen.

Dabei hätte man heute gewiss ganz andere Möglichkeiten, wie zum Beispiel:

Eigene Werkwohnungen, Kindergärten, Schulung und Ausbildung des Nachwuchs, kurze Wege zur Arbeitsstätte, flexible Arbeitszeiten und, und... um nur einige Punkte aufzuführen.

Aber was ist heute?

Innovationen?

Fehlanzeige!

Heute entlässt man lieber die Mitarbeiter, dies ist einfacher und billiger, um Kosten einzusparen, als neue Wege zu suchen.

Ein geflügeltes Wort ist heute unter vielen Managern:

„Na, wie viele Mitarbeiter hast du heute schon entlassen?"

Dabei würde uns zum Beispiel die Digitalisierung ganz neue Möglichkeiten eröffnen. Man muss sie nur sinnvoll einsetzen.
Wir müssen erkennen, dass es an der Zeit ist, neue Wege und Richtungen einzuschlagen, aber dabei sollte der Mensch im Mittelpunkt stehen.

Wir müssen viele, zahlreiche globale Probleme lösen, aber nicht mit Krieg, sondern wir müssen uns im klaren sein, dass wir nur gemeinsam zu Lösungen kommen können, wenn alle bereit sind, gemeinsam sich für dafür einzusetzen.

Aber was machen wir?

Wir gehen her und laufen falschen Politikern hinterher, die uns mit falschen Versprechen locken und dabei nur ihren eigenen Vorteil sehen.

So kann man sagen:

Damals wie heute!

Alle Parteien waren damals nur auf ihren eigenen Vorteil bedacht.

Visionen für die Zukunft hatte keiner.

Man rieb sich lieber in zahlreichen Grabenkämpfen auf. So legte man den Grundstein für eine Diktatur. Und wenn dann noch eine Wirtschaftskrise, wie damals hinzu kommt, dann haben diese Demagogen ein leichtes Spiel.

Und wie sieht es heute aus?

Wir sind gar nicht mehr so weit davon entfernt. Bei allem was wir tun, sollten wir einen Blick zurück werfen und wir werden erkennen, dass alles schon einmal da war und wir an einem erneuten Scheideweg stehen.

Oder reicht schon die Corona-Krise aus, um unsere Wirtschaft zu schwächen, unsere Werte zu zerstören, um mit alten Vorstellungen, dass alte, überholte System fortzusetzen?

Ich hoffe, wir haben aus der Geschichte gelernt und erkennen den richtigen Weg, den wir gehen müssen, um unsere Zukunft zu sichern.

Die Jahre 1920/2020 haben viel gemeinsam und mein Opa würde heute sagen:

„Da ist heute vieles da, was es schon einmal gegeben hat!"

„Die Geschichte wiederholt sich!"

„Bloß die Themen haben neue Namen bekommen!"

Auch schon damals lagen uns Themen wie Umwelt, Schulbildung, gerechter Lohn, Absicherung im Alter und einiges mehr am Herzen.

Leider wurde diese Entwicklungsarbeit in den Jahren von 1933 bis 1937 jäh durch das damalige Regime zerstört. Leute die für Gerechtigkeit eingetreten sind, wurden verfolgt, misshandelt, in KZ`s gesteckt und ermordet.

1937 wurde die Gruppierung der Freien, unabhängigen Arbeiterpartei Deutschland (F.A.U.D) völlig aufgelöst.

Damit ging auch ein Kampf um mehr Gerechtigkeit in der Arbeitswelt verloren.

Dabei stellt sich einem die Frage: „Brauchen wir „Deutschen" immer jemanden, der uns sagt bzw. vorschreibt, was wir zu tun haben?"

„Wollen wir nicht mehr selbst entscheiden, wie unsere Zukunft auszusehen hat?"

Darüber sollten wir mal gründlich nachdenken!

Wir stehen vor großen, globalen Veränderungen, die wir aber nur gemeinsam lösen können, aber dazu brauchen wir besonnene Politiker mit Weitblick und Visionen – aber keine politischen Brandstifter!

Unsere Umwelt ist im Begriff sich zu wandeln.

Wir müssen neue Wege gehen, neue Technologien entwickeln und einsetzen, wie müssen neue Ideen und Konzepte entwickeln und umsetzen, die unser Leben verändern werden.

All dies muss zeitig geschehen, denn wenn wir Länder und Kontinente vernachlässigen, werden wir über kurz oder lang mit weiteren Problemen zu kämpfen haben, die bis zu einem erneuten Welt - Krieg führen können.

Und eines ist schon heute sicher, der nächste Weltkrieg wird zu einem völligen Desaster für unsere Erde führen.

Als ich diese Zeilen schrieb, fiel mir ein Spruch aus den 70iger Jahren ein:

„Stell dir vor, es ist Krieg und keiner geht hin!"

Als ich diese Zeilen im Februar 2020 schrieb, ereilte uns gerade die Corona – Krise. Von heute auf morgen veränderte sich unser Leben drastisch.

Wir mussten uns umstellen!

Wir mussten uns auf neue Behinderungen einstellen. Reisen ging nicht mehr, Veranstaltungen wurden abgesagt, Besuchsverbote, Firmenschließungen, ja auch zahlreiche Läden mussten schließen. Versammlungen von mehr als zwei Personen waren nicht mehr erlaubt.

Wir mussten uns auf neue Situationen einlassen. Begriffe wie Rücksicht, Hilfsbereitschaft zählten wieder!

Diese Krise könnte auch eine Chance für uns werden, sich auf neue Werte einzulassen, seine Umwelt neu zu gestalten und die neuen Technologien auf den Weg zu bringen.

Ohne die üblichen Bedenken und Einwände!

Wir müssen begreifen, dass sich vieles verändern wird, das wir nicht mehr so leben können wie bisher.

Wir werden gezwungen, neue Wege zu gehen, sich zu öffnen und begreifen, dass die Menschheit nur gemeinsam die Krisen auf unserer Erde angehen können, da sind Aussprüche wie „Amerika first" völlig deplatziert.

Ja, jetzt haben wir einen kleinen Einblick in die Welt und in das Leben von meinem Opa erhalten und dennoch wissen wir nur einige Bausteine von ihm. Dabei war sein Leben geprägt von extremen Zeiten, zuerst die Kaiserzeit, dann die Weimarer Republik und zu allerletzt das Hitler-Regime.
Dabei erlebte er zwei große Kriege, die sich hier in Europa abspielten. In beiden Kriegen kam er zum Einsatz, wie es so schön heißt: „Für `s Vaterland"!

Den letzten Einsatz, nach gerade mal 44 Tagen im Feld, fiel er an der Heimatfront, fünf Tage vor seinem 50. Geburtstag! Das war schon hart, besonders für seine Frau, die gerade entbunden hatte und besonders auch für seine erste Tochter Johanna, im zarten Alter von 21 Jahren.

Hätte mein Opa diese Hölle überstanden, dann hätte ich vermutlich die Möglichkeit gehabt, meinen Opa kennenzulernen. Wenn er so alt geworden wäre, wie sein Vater, dann hätte er mich bis zu meinem 24. Lebensjahr begleiten können.

Ich hätte von ihm bestimmt einiges lernen können. Aber dies wurde mir leider vorenthalten.

Was bleibt mir eigentlich von meinem Opa erhalten?

Nicht viel!

Eine vage Erinnerung aus den Erzählungen meiner Mutter, ein Bild, ein paar letzte Feldpostkarten, einige vergilbte Bilder und das kleine, stark in Mitleidenschaft gezogene Bilderheft aus dem Jahre 1917/18 von der Front in Frankreich.
Aber all diese wenigen Zeitzeugen gaben mir einen kleinen Einblick über jene Zeit, mit ihren drei Regierungssystemen. Eine Zeit die im Aufbruch war, aber schon im gleichen Atemzug den Grundstein für das Ende legte.

Nachdem ich mich mit dieser Zeit beschäftigt habe, umso mehr bin ich zu der Überzeugung gekommen, dass sich unsere Zeit gar nicht viel von der damaligen Zeit unterscheidet.

Nur die Zeit zwischen den beiden Kriegen ist etwas länger geworden. Aber, wenn wir die Entwicklungen sehen, so sind die Parallelen nicht zu übersehen!

Deswegen muss man sich die Frage stellen:

„Wo, wird unser Weg uns hinführen?“

Schlusswort

Wenn ich so am Ende dieses Buches über diese Zeiten nachdenke, muss ich mir die Frage stellen, was haben diese sinnlosen Kriege eigentlich gebracht haben?

Wie viele Familien haben ihre Söhne und Väter verloren in den unheilvollen Kämpfen an den verschiedenen Fronten?

Wie viele Familien haben ihr Heim, ihre Heimat verloren.

Wie viele Familien mussten flüchten und viele Entbehrungen auf sich nehmen?

Wie viele Familien wurden wegen ihrer Abstammung total ausgelöscht?

Wenn man sich heute auf unserer Erde umschaut, dann muss man leider feststellen, dass viele immer noch nicht aus den beiden Weltkriegen gelernt und das Gefühl haben und auch vermitteln, dass sie die Größten seien.

Dabei sollten sie wissen, wenn sie in der Geschichte nachlesen würden, dass auch die Größten irgendwann zu Fall kamen oder sich selbst eliminierten, weil sie sich fürchteten, von aufgebrachten Massen gelyncht zu werden.

Befehle zum Töten konnten sie gut geben, aber auch das eigene Ende mit Fassung zu tragen, dazu fehlte ihnen leider oft der Mut.

Deshalb sollten wir für den Frieden mit Worten kämpfen und nicht mit Waffen!

In einem Lied von Drafi Deutscher mit dem Titel „Mein General" wird dies sehr deutlich gemacht.

Im Schlussakkord ruft ein Kind, die eindringlichen Worte:

Hör auf, Hör auf, Hör auf......

Diese einfachen Worte sollten wir uns zu Herzen nehmen und nicht achtlos darüber hin weg hören.

Meine Mutter, die dieses Leid im Krieg hautnah an der Front als OP-Schwester erleben musste, hat uns dazu erzogen, keine Waffe in die Hand zu nehmen, sondern Konflikte durch Gespräche zu lösen.
Auch wenn der Weg dahin manchmal lang ist, bis eine Lösung gefunden wird und der Konflikt beigelegt werden kann. Sollte dies nicht ein Ziel von uns Menschen sein?

Wollen wir nicht alle den Frieden?

Manchmal habe ich allerdings den Eindruck, dass man den Konflikt lieber mit Gewalt lösen möchte. Manchmal ist der Auslöser für einen Zwist sehr banal und hinterher muss man darüber lachen, dass man für eine Kleinigkeit fast bereit war, sich gegenseitig umzubringen.

Wir müssen wieder bereit sein, selber nachzudenken und nicht alles glauben, was manch einer uns weiß zu machen versucht.

Wir sind heute einer gewaltigen Medienfülle ausgesetzt, die alles schüren kann, was sie nur möchte.

Die ersten Anfänge haben unsere Väter und Mütter ja selbst erleben müssen, wie der Einfluss der führenden Kaste ins Bewusstsein der Bevölkerung drang und sie verführte, hin bis zum totalen Krieg!

Ich für meinen Teil habe einen interessanten Menschen mit meinem Opa verloren, den ich leider nicht mehr erleben durfte, weil er auf den letzten sinnlosen Tagen des Krieges im Jahre 1945 im hohen Alter noch einmal den Rock anziehen musste und wenige Tage später im Kampfe fiel. Was nützen mir die heroischen Worte wie:

„Er starb für das Vaterland"

Er sollte die Wende bringen, ließ in einem heldenhaften Kampf sein Leben auf dem Schlachtfeld für das Vaterland.

Heute frage ich mich:

„Was habe ich davon?"

Ich habe einige wenige letzte Erinnerungen von meinem Opa, die nun über 100 Jahre alt sind, aus einer Zeit, die den Frieden nicht genießen konnten, sondern von einem zum anderen Weltkrieg in den sicheren Tod marschierten.
Die befremdliche Zeiten erlebten. Die vorsichtig agieren mussten. Die sich nicht trauten, dass Wort zu erheben. Sind das die Zeiten, die wir wieder haben möchten? Heute erleben wir wieder die Flüchtlingsströme, die es früher schon einmal gab.
Heute streiten wir uns, ob wir den Flüchtlingen eine Bleibe anbieten, ob sie hier ihren Frieden finden können. Sie sind, wie damals, vor den Grausamkeiten des Krieges geflüchtet und hoffen, irgendwo ein neues Leben für sich und ihrer Familie aufzubauen. Auch wenn sie fremd sind – es sind Menschen!

Diese Worte könnten auch von meinem Opa stammen.

Still betrachte die Bilder von meinem Opa, wo er auf seiner geliebten Geige spielt oder wo er seine Tochter auf dem Arm hat.

Wie gerne hätte ich mit ihm über das Leben oder die kleinen Alltagsprobleme gesprochen. Seine Lebenserfahrung hätte mir sicher manchen guten Tipp geben können. So kann ich nur erahnen, was er mir für mein Leben mitgegeben hätte.

Ich werde es leider nie erfahren!

„Schade eigentlich!"

Dafür hat mir der Blick in diese Zeit von 1900 bis 1945 nachdenklich gemacht und wenn ich diese damalige Zeit mit der heutigen Zeit betrachte, bekomme ich ein ungutes Gefühl was die Zukunft uns noch bringen wird. Ich kann nur hoffen, dass unsere Politiker eine große Besonnenheit an den Tag legen und sich nicht von Meinungen und Strömungen beeinflussen lassen, nur um irgendwelche Wahlen zu gewinnen. Ein Blick heute nach Amerika zeigt und sagt alles!

Dabei sollten sie lieber ihre bisherige Leistung in der Politik hinterfragen und werden feststellen, dass ihre Leistung mehr als mager war – außer hohlen Sprüchen und vielen Luftblasen, haben sie nichts vorzuweisen.

Hören wir daher nicht auf, alles zu hinterfragen, sondern alles von zwei Seiten zu betrachten. Seien wir tolerant zu unseren Mitmenschen gegenüber. Wir müssen erkennen, dass wir die brennende Fragen unserer Zeit **nicht** alleine lösen können, besonders wenn es um die großen globalen Probleme geht.
Wir können die anstehenden Umwälzungen nur **gemeinsam** angehen. Gerade wir Europäer sind hier in der Pflicht, diesen Weg zu gehen, wenn wir wirtschaftlich, kulturell und politisch überleben wollen. Dazu gehört natürlich auch der Umweltschutz!

Daher sollten wir die Augen nicht verschließen, den Blick über die Grenzen wagen, neue Ideen und Erkenntnisse aufnehmen und dann Hand in Hand an die Aufgaben herangehen.

Es steht viel auf dem Spiel!

Der Autor und seine Mitautorin

Im Jahre 2012 starteten wir zu unserem gemeinsamen Neuanfang in Friesland, nachdem wir uns in 2011 das Ja-Wort gaben.

Seit dieser Zeit haben wir an zahlreichen Büchern gemeinsam gearbeitet. Während ich mich um die Texte bemühe, ist meine Frau Manuela für die Zeichnungen und Gestaltung der Cover zuständig.

Mit dem neuen Roman beginnen wir eine Zeitreise zurück in eine Zeit, die für uns etwas weiter zurück liegt. Zwar haben wir noch den ein oder anderen Zeitzeugen aus dieser Zeit erlebt und die Erinnerung daran aufrecht gehalten.
Aber dies sind nur noch Fragmente. So war dies auch mit unserem neuen Roman, der eine Zeit beleuchtet, die wir nicht mehr erleben durften. Oder sollten wir sagen:

Zum Glück nicht?

Bisher sind folgende Bücher erschienen:

Bücher aus dem Leben:

Das Leben und Wirken des Strohwitwers Fritz
ISBN: 978 3911 1756070

Plötzlich allein… wie soll ich leben ohne dich?
ISBN: 978 3939 241068

Plötzlich allein… aber das Leben geht weiter!
ISBN: 978 3746 034393

Das Leben des Peter Bork
ISBN: 978 3744 829366

Liebe zwischen Lee und Luv
ISBN: 978 3744 803607

Burn – out
ISBN: 978 3749 429660

Sommertraum/a
ISBN: 978 3743 159471

Kolvensbachs Pitter
ISBN: 978 3939 241669

Sex... kann so schön sein... man muss ihn nur haben!
ISBN: 978 3939 241010

Aus der Krimi-Serie:

Kommissar a. D. Klaus Schöne
Aktenzeichen 2609
Ein ungeklärter Mord auf Baltrum
ISBN: 978 3741 288134

Kommissar a. D. Klaus Schöne
Aktenzeichen 1510
Leichenfund in einer Friedeburger Kiesgrube
ISBN: 978 3741 281082

Kommissar a. D. Klaus Schöne
Aktenzeichen 1017
In der Tiefe des Moores
ISBN: 978 3749 421503

Mein Name ist Jacey, die Hauskatze
ISBN: 978 3944 028224

Rusty packt aus...
ISBN: 978 3981 1709223

„Gamaschen Fynn"
ISBN: 978 3748 151944

Moritz... der kleine Filou
ISBN: 978 3749 497911

Weitere Texte, die veröffentlicht wurden, finden sie in folgenden Anthologien:

Dt. Literaturgesellschaft
Gedichte, die die Zeit überstehen

Erinnerungen
Liebe
Weihnachten

August von Goethe-Verlag
Glücklich allein ist die Seele, die liebt

Der Hochzeitstag
Mein geliebter Schatz
Wehmut

Zwiebelzwerg-Verlag
Keinen Augenblick mehr mit dir

Der Talisman
Mein geliebter Schatz II